AF204055

www.tredition.de

André Link

Kaisermord am Rhein

Die Erinnerungen des Severus Alexander

www.tredition.de

© 2016 André Link

Verlag: tredition GmbH, Hamburg

ISBN
Paperback: 978-3-7345-7413-9
Hardcover: 978-3-7345-7414-6
e-Book: 978-3-7345-7415-3

Printed in Germany

Das Werk, einschließlich seiner Teile, ist urheberrechtlich geschützt. Jede Verwertung ist ohne Zustimmung des Verlages und des Autors unzulässig. Dies gilt insbesondere für die elektronische oder sonstige Vervielfältigung, Übersetzung, Verbreitung und öffentliche Zugänglichmachung.

André Link

Kaisermord am Rhein

Die Erinnerungen des Severus Alexander

Roman

„Imperatorem esse fortunae est –
Kaiser sein ist Sache des Glücks"

*Ausspruch des Kaiser Titus
nach der „Historia Augusta"*

Erster Teil

Severus Alexander, Italien, September des Jahres 987 nach der Gründung der Stadt (234 nach christlicher Zeitrechnung)

Es ging alles viel zu schnell. Kaum war ich aus dem Zweistromland zurück, wo ich mich körperlich und seelisch aufgerieben hatte, hagelten die Ehrungen auf mich herab. Rom bereitete mir einen Triumph, der eines Julius Caesar würdig gewesen wäre. Die Senatoren, denen ich persische Prunkgewänder und medische Kleinodien zu Füßen legte, überboten sich an Lobhudeleien. Unerschütterlich aber hielt ich den Sprechchören, die mir in der Kurie entgegenbrandeten, meine Rechte entgegen und wies, in meine purpurverbrämte Toga gehüllt, die mir angetragenen Ehrentitel „Parthicus" und „Persicus" zurück. Schmeicheleien sind nicht nach meinem Geschmack. Bereits bei meinem Regierungsantritt hatte ich es abgelehnt, mich mit den Namen „Antoninus" und „Alexander der Große" zu schmücken, wie sehr der Senat mich auch bedrängte. Doch wie auch könnte ein Dreizehnjähriger sich solche pompösen Ehrennamen anmaßen? Ein Dreizehnjähriger kann höchstens brav die Antrittsrede hersagen, die ihm seine Mutter und sein Sekretär aufgesetzt haben. Julia Mammaea und

Encolpius hatten ganze Arbeit geleistet. Und ihr Musterschüler machte ihnen keine Schande, damals vor zwölf Jahren, als Rom mich zu seinem Kaiser krönte.

Rom jubiliert, denn der persische Feldzug hat seine Kinder reich gemacht. In den Lobeshymnen gehen Stimmen unter, die mir Schwächen in der Kriegsführung vorwerfen mögen. Aber war es meine Schuld, dass sich die Illyrer in den armenischen Steinwüsten Frostbeulen holten und die Isaurer im mesopotamischen Glutofen wie Fliegen eingingen? Mir selbst machte die Ruhr so zu schaffen, dass meine vom Fieber geschwollenen Augen die Lage nicht mehr überschauten. So konnte es geschehen, dass meine drei vorrückenden Heereskolonnen den Zusammenschluss nicht schafften und uns die Perser mit ihren siebenhundert Elefanten und 1800 Sichelstreitwagen überrannten. Aber dem Emporkömmling Ardeschir habe ich es heimgezahlt, dass er das Friedensangebot eines römischen Imperators ausschlug. Wir haben die Scharte ausgewetzt und dem, der sich prahlerisch „König der Könige" nennt, eine Niederlage beigebracht, die er so bald nicht vergessen wird. Und Rom jubiliert.

In all dem Jubel habe ich die Beute verteilt, die Kriegsgefangenen gegen ehrenvolles Lösegeld entlassen, dem Volk großzügige

Spenden und phantastische Perserspiele versprochen. Eine Ehrenmedaille zeigt mich als Triumphator zwischen Euphrat und Tigris. Ein von vier Schimmeln gezogener Prunkwagen führt mich zum Kapitol. Ursprünglich sollten es Elefanten sein, aber Mutter meinte, das wäre unnötige Protzerei gewesen. So wie sie mir, vielleicht nicht eben zu meinem Vorteil, geraten hatte, mich im Kampf zurückzuhalten, da dies Sache meiner Soldaten wäre.

Aber der Triumph färbt auch auf die Kaiserinmutter ab, die, von ihren mammaeanischen Mädchen umgeben, ihre golddurchwirkte Robe um sich rafft und, jeder Zoll eine Augusta, auf der obersten Stufe des Kapitols steht. Unsere Gedanken gehen an Großmutter zurück, die uns schon vor Jahren verlassen hat. Diese Apotheose ist auch ihr Werk. Als ich Nachfolger meines Vetters wurde, wischte sie sich die Tränen ab – weinte sie, weil sie eine Tochter und einen Enkel verloren hatte oder weil sie eine Tochter und einen Enkel umjubelt sah? Zwei Enkel unter dem Kaiserlorbeer – Julia Maesa hatte in diesem Leben alles erreicht und konnte sich in Ruhe auf ihre letzten Tage vorbereiten.

Ich bringe das Brandopfer im Tempel des Jupiter Maximus dar, den fünfzehn Jahre zuvor mein größenwahnsinniger Vetter mit seinen barbarischen Riten entweihte. Die Menge schreit: „Rom ist wohlauf, der Staat ist wohlauf, weil es Alexander gut geht." Vier

Stunden dauert das Spektakel. Dann erst darf ich mich, um Atem zu holen, auf den Palatin zurückziehen.

Zum Atemholen hat es allerdings nicht wirklich gereicht. Es blieb mir gerade noch Zeit, Landverteilungen, Konsularauszeichnungen und Dotationen für verdienstvolle Kämpfer anzuordnen, dann musste ich wieder in den Krieg ziehen. Diesmal gegen die Germanen. Der Feldzug duldet keinen Aufschub. Zwischen den Persern und uns stand immer noch das Mittelmeer, aber wenn der Limes zusammenbricht, ist dem Vordringen des Barbarentums keine Grenze gesetzt. Meine erprobten Gold- und Silbergeharnischten stehen zu mir, die Pfeile meiner neu angeworbenen parthischen Bogenschützen sind mir ein Wall. Jupiter, Mars und Minerva mögen mit uns sein.

Encolpius, Mogontiacum, September 987

Das wäre wirklich nicht nötig gewesen. Die persische Kampagne sollte, als Höhepunkt eines Regnums, das beispiellose Friedfertigkeit auszeichnete, sein letzter, einziger Feldzug sein. Und jetzt sitzt er wieder im Sattel, um sich mit Walküren und Wotanwüterichen herumzuschlagen. Ich mit ihm. Ich bin sein Angestellter, und einem kaiserlichen Befehl widersetzt man sich nicht.

Aber wozu bei allen Göttern braucht er im Krieg einen Sekretär? Um die Häupter der gefallenen Barbaren zu zählen? Die Vielzahl der erhofften Trophäen zu messen? Er habe eine Aufgabe für mich, sagte er, als er, von Tausenden von begeisterten Untertanen geleitet, aus Rom auszog.

Und ich fügte mich.

Widerwillig, denn wenn es einen ausgesprochenen Reisemuffel gibt, bin ich es. Kaum sitze ich auf einem Pferd, beginne ich zu schwitzen. Und während ich krampfhaft die Zügel halte, wird mir unter dem dauernden Auf und Ab mulmig im Magen.

Selbst Schöllkraut und Melisse kommen nicht dagegen an. Das Einzige, was ich tun kann, ist, während ich im Sattel schaukele, resigniert Mastix aus Chios zu kauen.

Aber er hatte Erbarmen, denn er ist ja ein gutherziger Mensch. Seine Mutter hätte sich an meinen Qualen geweidet, er gestand mir Reisekomfort zu. Von Augusta Treverorum aus, wo wir uns kurz in den renommierten Thermen erholten, gestattete er mir die bequemere Schiffsfahrt über Mosel und Rhein. Auf Kissen hingestreckt, lauschte ich dem Plätschern der Wellen und dem monotonen Schlag der Ruderknechte, während er sich mit seinen Männern durch eine fürchterliche Wildnis kämpfte, die man "Hunsrück" nennt. Zwar etwas säumig, aber gut erholt und von Diensteifer erfüllt, traf ich an den Iden des Septembers in Mogontiacum ein.

Severus Alexander, Mogontiacum, September 987

Als mir Heliogabal seine Hassausbrüche ins Gesicht spie, biss ich die Zähne zusammen. Als mich die Senatoren in den Olymp hoben, verzog ich keine Miene. Als mir auf dem Kapitol der Lorbeerkranz aufgesetzt wurde, stand ich aufrecht, ohne mir eine Blöße zu geben. Aber als wir Rom in Richtung Norden verließen und uns über hundert Meilen die Eskorte enthusiastischer Patrioten säumte, standen mir die Tränen in den Augen.

Ein böses Omen? Aber wie könnte das sein, wo ich mich doch anschicke, das vielleicht ruhmreichste Kapitel meiner Lebensgeschichte aufzuschlagen? Das gilt es, adäquat festzuhalten, und dazu brauche ich fremde Hilfe.

Wo aber bleibt die Schnecke von Encolpius? Eine Schlafmütze war er immer, aber dies schlägt dem Fass den Boden aus. Nun, ich werde ihn nicht drängen, darauf pflegen langsame Menschen mit totaler Kopflosigkeit zu reagieren – und das muss nicht sein.

Ich habe ihm eins der schönsten Gemächer bereiten lassen, mit einem Fußbodenmosaik, das Amor und Psyche zeigt und das man als ausgesprochen kunstvoll bezeichnen kann. Ich selbst begnüge mich mit dem bescheidenen Schlafzimmer, das den Rhein überblickt und ein Mosaik hat, auf dem der Gott Chronos mit seinen Flügeln und seiner Sense zu sehen ist. Dies finde ich meiner imperialen Würde angemessen.

Ungeduldig gehe ich in den Arbeitszimmern auf und ab. Die Rohrfedern sind gespitzt; für die Reinschrift habe ich blütenweißen Papyrus, einen sinnig verzierten Schreibgriffel aus Elfenbein und Purpurtinte bereitgestellt. Die Fußböden glühen förmlich, so fieberhaft mühen sich die Sklaven an den Heizöfen ab. Mutter hat zusätzlich Kohlenbecken aufstellen lassen, und sie hat ihre Pelze und Schals aus den Truhen geholt. Gewichtige Draperien hängen von den Fenstern, aber sie können kaum etwas gegen den Moderhauch des feuchten kalten Kastens verrichten. Ich selbst decke mich mit Wickelgamaschen und warmen Unterhosen ein, für den Fall, dass in diesem feuchten kalten Land der Winter früh einbrechen sollte. Wir sind für alles gerüstet.

Unser erstes Abendessen im zugigen Statthalterpalast war nicht eben gemütlich. Die Menge der Lichtkörper kam weder gegen die Dunkelheit noch gegen die Feuchtigkeit an. Dennoch machte ich gute Miene zu bösem Spiel und prostete Mutter über die Zinnschüsseln zu: „Wir haben die Reise glücklich überstanden, alles Weitere wird sich finden. Möge die Siegesgöttin ihr Schwingen über uns halten, Mutter!"

„Nun, du warst ja immer schon ein Idealist", sagte Mutter, dann hob sie das Weinglas an ihre leicht verkniffenen Lippen. Wenigstens war sie so taktvoll gewesen, die Perlen, die sie Orbiana abgenommen hatte, nicht anzulegen.

Encolpius, Mogontiacum, September 987

Mogontiacum ist die Hauptstadt des oberen Germaniens, und das sieht man dem Ort auch an. Oben auf der Anhöhe blitzen die roten Ziegeldächer des Militärlagers, das - nicht aus wackeligem Holz, sondern aus soliden Steinbauten bestehend - Sitz der berühmten XXII. *Legio Primigenia* ist. Seit sie sich an der Seite unseres erhabenen Kaisers siegreich in Persien und Germanien geschlagen hat, darf sie den Ehrentitel „ Fidelis Alexandriana" führen.

Unterhalb des Lagers schmiegen sich die *Canabae* an die Hänge. Hier, unter Holzschindeldächern, decken Händler und Handwerker die Bedürfnisse des Heers. Der eigentliche *Vicus*, wo die Zivilbevölkerung ansässig ist, fällt zum Hafen ab, von dem eine sich auf siebzehn Pfeiler stützende steinerne Brücke zu dem Kastell auf der anderen Rheinseite führt.

Vor der Stadt liegen das Bühnentheater, das, als größtes nördlich der Alpen, zehntausend Zuschauern Platz bietet, sowie, an den Hügel gelehnt, das nicht minder imposante Amphitheater.

Hier aber wird man mich nicht oft sehen. Wie alle zartfühlenden Naturen verabscheue ich Blutvergießen. Die Thermen, die allen Komfort bieten, sind schon eher meine Sache. Und sowieso, will ich mich nicht mit Krethi und Plethi gemein machen, gebe ich mich genüsslich den Massagen meines mauretanischen Sklaven Silenus und der anschließenden liebevollen Pflege meiner treuen Deipyle hin. Beide, die mir vollkommen ergeben sind, sorgen dafür, dass das Blut eines mittlerweile Fünfzigjährigen, der durch alle Höhen und Tiefen des Lebens gegangen ist, nicht zum Stocken kommt.

*

Wie ich es befürchtet hatte, ließ er mich anderntags in aller Frühe, noch vor dem ersten Hahnenschrei, zu sich rufen. Dunkelheit hüllte den Gouverneurspalast ein, Sitz der Statthalter und, wenn sie in diesen unwirtlichen Regionen weilen, auch der jeweiligen Caesaren.

Von hier aus waren Drusus, Caligula, Domitian und Caracalla an der Spitze ihrer Truppen gegen die aufmüpfigen Germanen ausgezogen. Severus Alexander aber, so wie ich ihn kannte, dürfte um diese Stunde am Schreibgriffel kauend im Herzen des alten Kastens an seinem Schreibtisch sitzen.

Die Prätorianer, zu Standbildern der Wachsamkeit erstarrt, rissen reihenweise Bronzetüren auf. Noch etwas benommen stolperte ich durch die endlosen Gänge. Von der Galerie im Oberstock sah ich auf den Innenhof, den ein Dach aus Frauenglas überdeckte. Gurren und Flügelschlagen gingen von in einer Voliere flatternden Sittichen und Ringeltauen aus. Ein Pfau, der seinen Schweif über die Fliesen zog, beäugte mich misstrauisch. Offensichtlich war ich zu gering, um lange sein Interesse zu bannen, und er wandte sich verächtlich ab, um weiter im Kies zu scharren. Im

Flackerlicht von Fackeln und Kienspänen stolperte ich über marmorne Fliesen.

Dann, in einem holzgetäfelten Gemach, das ein halbes Dutzend Öllampen erhellte, sah ich ihn, der mich gerufen hatte: seine kaiserliche Majestät der göttliche Caesar Marcus Aurelius Severus Alexander Augustus Pius Felix, Konsul, Tribun, Pontifex Maximus, Vater des Vaterlands und Gebieter über das größte Reich der Erde. Wie ich vermutet hatte, hockte er über Schriften gebeugt. Unter einem schlichten weißen Wollgewand lugten kontrastreiche blaue Socken aus den Sandalen.

Er lächelte und sah mich aus seinen dunklen phönizischen Augen an, die zumeist weit aufgerissen in die Welt blickten, als fragten sie: „Was tue ich hier?"

„Willkommen, alter Freund", sagte er. „Ich freue ich, dass du angekommen bist. War es nicht zu anstrengend?"

„Nun, jetzt, wo die große Kälte einsetzt … Leicht fiel es mir nicht. Immerhin begrüße ich es, dass meine Reise nicht mitten in den Winter fiel."

„Es tut mir leid. Ich hätte es nicht getan, wenn ich dich nicht brauchen würde. Nimm Platz. Willst du einen Wein, oder etwas zum Aufwärmen? Mulsum, Hydromel? Ich habe einen guten Burgunder, der mit Myrrhe und Narden gewürzt ist."

„Wenn er nicht eiskalt ist, gerne."

Ich nahm ihm gegenüber am Schreibtisch Platz. Noch immer starrte er mich aus seinen großen schwarzen Augen an. Leicht hektisch spielten seine langen Finger mit dem bronzenen Griffel, der vor ihm lag. Seine gebeugte Haltung ließ die spitzen Ellbogen und die überbreiten Schulterblätter hervortreten. Um die lange melancholische Nase, das weiche Kinn und die fliehende Stirn flackerte das Lampenlicht. Der dünne braune Bart, der seine Gesichtszüge umflaumte, war das Einzige, das der Herrschergestalt etwas wie männliche Würde zu verleihen trachtete: ein im Grunde scheuer und zurückhaltender junger Mensch, den von Ehrgeiz zerfressene Frauen im Alter von kaum vierzehn Jahren auf Roms Thron setzten und der sich seitdem bemühte, ihn ihren Vorstellungen gemäß nach bestem Wissen und Gewissen auszufüllen.

Der Wein kam, in einer Schale aus blauem Glas, um das sich filigrane Goldranken schlängelten: ein Markenzeichen der Glasmanufakturen von Colonia Agrippensium. Dankbar ließ ich das würzige warme Getränk meine Kehle hinunterkullern.

Alexander sah mich an. „Natürlich fragst du dich, warum ich dich Bücherwurm mitten ins Kriegsgetümmel nach Mogontiacum mitgeschleppt habe?"

„Nun". Ich schluckte. „Der Krieg ist ja wohl aus."

„Krieg? So kann man es nicht nennen. Die Barbaren sind zurückgeschlagen. Ich hoffe, dass sie die Lektion begriffen haben und
jetzt hinter dem Limes bleiben."

„War der Schaden groß?"

Er blickte unbehaglich. Noch immer spielten die langen Finger
mit dem Schreibstift. „Es sind Villen geplündert, Höfe verbrannt,
Siedlungen zerstört worden. Der Wut der Invasoren sind auch
ein paar Menschen zum Opfer gefallen. Inwieweit der Wall beschädigt wurde, davon muss ich mich in den nächsten Tagen persönlich überzeugen."

Ich beugte mich über die Trinkschale und nuschelte in den Wein:
„Der Feind ist also wieder hinter dem Wall?"

„Wo er hingehört. Keine Angst, alter Hasenfuß. Der Limes ist eine
Tagesreise von hier entfernt. Die Germanen werden dich nicht in
deiner Ruhe stören. Und …" Um die kaiserlichen Sandalen wand
sich etwas, das fiepende Geräusche von sich gab. Irritiert hob ich
eine Augenbraue. Schon wieder eine von Alexanders Hundewel-
pen. Augenblicklich zog ich mich zurück, in eine sichere Entfer-
nung, die es mir doch noch erlaubte, die weiteren Worte meines
Gegenübers mitzubekommen.

„Und du wirst nicht untätig sein", fuhr Severus Alexander fort. „Ich benötige deine Hilfe, und zwar als Chronist und Schreiber. Denn ich habe vor, meine Memoiren aufzusetzen."

„Deine Memoiren?" Ich war baff. „Bist du – erlaube mir die Bemerkung, *Sewaste* – nicht etwas jung dafür?"

Redete ich ihn mit „Domine" oder „Auguste" an, pflegte er unwirsch zu reagieren. Als ein Mann, dessen Muttersprache wie meine Griechisch war, ließ er sich aber „Kyrie" und „Sewaste" gefallen.

„Zu jung?", sann er. „Man weiß nie, wie es kommt. Jetzt, wo wir im Krieg sind …" Dass er sich selbst widersprach, schien er gar nicht zu merken. Er fuhr fort: „Sollte mir etwas zustoßen, will ich nichts im Unklaren lassen. Ich will meine Taten begründen, rein und unbescholten vor der Nachtwelt stehen. Dazu brauche ich dich. Ich diktiere dir meine Memoiren, so wie ich es selbst gesehen und erlebt habe. Stilistisch magst du es nach eigenem Gutdünken korrigieren, im Notfall Lücken füllen … Du hast ja alles selbst miterlebt."

„Nun … Es ist natürlich eine große Ehre, Kyrie, aber ob ich da der richtige Mann bin? Warum fragst du nicht Herodian?"

Er schob unwillig das Tintenfass zurück. „Herodian, der hat keine Erfahrung, und er kann nichts, als von anderen abschreiben! Cassius Dio, der wäre der richtige Mann. Ein routinierter Historiker, die beste Feder unserer Zeit. Aber er ist über siebzig, gebrechlich und gichtbrüchig. Ich habe ihm erlaubt, sein Altenteil zu nehmen." Er zwinkerte. „Und aus Bithynien kann ich ihn ja wohl nicht zurückrufen."

Ich runzelte die Stirn. Es war hinreichend bekannt, dass Cassius Dio Alexanders Schoßkind war. Als der alte Mann aus Nikomedia (übrigens mein Landsmann, da auch ich in Bithynien geboren wurde) sich als Gouverneur in Dalmatien und Pannonien mit seinen unbotmäßigen Soldaten anlegte, weil er eine allzu schroffe Disziplin durchzusetzen versuchte, nahm ihn der Kaiser in seinen Schutz. Ja, er bezahlte ihm sogar sämtliche Unkosten, als Cassius zum zweiten Mal mit Alexander das Konsulat teilte. Cassius Dio war Alexanders Schoßkind, da konnte man beinahe neidisch werden.

*

21

Das Ganze musste ich erst einmal verdauen. Dafür blieb mir aber nicht viel Zeit. Die Tür ging, und eine junonisch gebietende Frauengestalt rauschte herein: Julia Mammaea Augusta, Mutter der Heere, des Senats, des Menschengeschlechts und Seiner Majestät des Kaisers.

Als Mittvierzigerin durfte Mammaea noch immer als schöne Frau gelten, auch wenn manche lästerten, diese Schönheit verdanke sie vor allem der Kosmetik. Sie war in schillerndes Amethystblau gekleidet; unter dem gescheitelten Haar, das ein Knoten im Nacken zusammenhielt, funkelten Saphirohrringe und am glatt geschminkten Hals eine goldene Kette. Die Augenlider hielt die Kaiserinmutter gewöhnlich gesenkt, schlug sie aber diese auf, so ging einem die Schärfe des Blicks durch Mark und Bein. Auch jetzt bedachte sie mich mit einem stechenden Blick und schürzte dann die Lippen. Ich verbeugte mich ehrfürchtig. Sie beachtete mich nicht, sondern redete ohne Umschweife auf ihren Sohn ein: „Stimmt es, was ich gehört habe? Du willst mit den Germanen verhandeln?"

„Ich bin ein Mann des Friedens, nicht der Gewalt", sagte Kaiser Alexander.

„Frieden, mit diesen Menschen? Willst du ihnen etwa auch noch Geschenke machen?"

„Falls es nötig ist, ja."

„Wenn man diesem Pack den kleinen Finger gibt, nimmt es gleich die ganze Hand. Die lachen dir ins Gesicht, mein Sohn. Und sie lauern hinter dem Limes und warten darauf, bei der ersten Gelegenheit erneut zuzuschlagen."

„Was würdest du vorschlagen?"

„Härte. Sie mit Waffengewalt zurückschlagen, bis ihnen ein für alle Mal die Lust vergeht, ins Reichsgebiet einzufallen."

„Nun", sagte Alexander, seine Papiere zusammenrollend, „ich habe mich für den diplomatischen Weg entschieden. Scheitert der, kann man immer noch zu anderen Mitteln greifen."

„Wenn es dann nicht zu spät ist." Ungeduldig zerrte Mammaea an ihrer elfenbeinernen Schulterfibel. Dann fiel ihr Blick auf mich. „Und Encolpius ? Soll der dir bei deinen – Friedensverhandlungen behilflich sein?"

„Ich bin dem erhabenen Kaiser dabei behilflich, seine Erinnerungen niederzuschreiben", erlaubte ich mir, einzuflechten.

„Was? Ist dafür der richtige Moment?"

„Wenn mir Zeit bleibt, warum nicht?", kam die schlichte Antwort von ihrem Sohn. Ich trat einen Schritt zurück. Nach wie vor unsichtbar, scharrte und fiepte der Hund unter dem Tisch. Sklaven hatten die Vorhänge zurückgeschlagen, durch milchiges Glas sah man die Lichter des Hafens schimmern.

Die Augusta schien es jetzt auf mich abgesehen zu haben. In eiskaltem Ton versetzte sie: „Du hast wohl nicht vergessen, dass du unser Sklave warst, bevor unser erhabener Kaiser dir in seiner allzu großen Güte die Freiheit schenkte. Und wenn dich mein Sohn mit einem - ich würde sagen - unverdient ehrenvollen Amt betraut, hast du nichts als das Instrument seines Willen zu sein."

Ich bemühte mich, ruhig zu bleiben. „War ich nicht stets bemüht, dir, erhabene Augusta, und unserem erlauchten Kaiser treu und gewissenhaft zu dienen?"

„Mutter", suchte Alexander einzulenken, „lass gut sein. Encolpius hat uns nie enttäuscht. Wachte er nicht mit dir vor meiner Schlafzimmertür, als wir vor Heliogabals Häschern zitterten?"

„Was nicht mehr als seine Pflicht war. Ich hoffe nur, ihr bleibt sachlich und drängt euch nicht selbst in den Vordergrund, wie es euer teurer Cassius Dios tut. Eine historische Chronik unterliegt vor allem einem Gebot: sich exakt an die Wahrheit zu halten."

Ich fummelte mit den Rohrfedern, Alexander mit seinem Schreibgriffel. Die Augusta aber war nicht zu halten. „Schlampigkeit und Geschichtsklitterung rächen sich. Ihr werdet euch wohl daran erinnern, wie scharf Septimius reagierte, als Dio Kaiser Commodus als blutigen Tyrannen darstellte."

„Der erhabene Septimius sah sich in der Reihe der Antoninen und hat Commodus als Sohn des Marcus Aurelius unter die Götter versetzt", erlaubte ich mir klarzustellen. „ Natürlich musste ihm missfallen, dass Cassius Dio Commodus als irrsinnigen Despoten schilderte, der nichts als Zirkusspiele im Kopf hatte."

„Ein Historiker muss nicht nur unvoreingenommen, sondern auch diplomatisch sein. Aber was ist von einem Mann zu erwarten, der seine Karriere mit einem Buch über Weissagungen begonnen hat? Da muss doch vieles unglaubwürdig, wenn nicht lächerlich klingen, wie etwa die Geschichte mit dem Straußenkopf."

Diesmal war es an dem Kaiser, seine Mutter, wenn auch sanft, auf den Punkt zu setzen. „Mutter, wenn dir der göttliche Commodus entgegengetreten wäre, in der einen Hand ein Schwert, in der anderen einen Straußenkopf, den er dem armen Tier eben in der Arena abgeschnitten hatte, dann hättest du trotz der Komik der Situation ebenfalls um dein Leben gebangt. Lachen wäre lebensgefährlich gewesen. Was also taten die Senatoren, die zitternd vor ihm saßen? Um ihr Lachen zu verbergen, zupften sie sich Blätter aus ihren Lorbeerkränzen und kauten die."

Dann war seine Geduld zu Ende, und er entschied: „Es genügt. Encolpius hat mein volles Vertrauen, und ich werde ihm meine Memoiren diktieren."

„Eine Ehre, der ich hoffe würdig zu sein", sagte ich.

Mammaea fuhr auf. „Um dich geht es ja gar nicht, es geht um die Zukunft Roms. Also wären wir dir sehr verbunden, wenn du dich nicht einmischen würdest."

Ich verstand den Wink und verneigte mich. „Wenn Eure Majestäten mir also gestatten würden, mich zurückzuziehen."

„Gut", sagte der Kaiser. „Halte dich bereit. Wir werden ohne Verzug an die Aufsetzung der Memoiren gehen."

Ich wandte mich zur Tür. Noch im Hinausgehen hörte ich die autoritären Worte der Kaiserinmutter: „Tu, wie es dir beliebt. Auf mich hört ja nie einer. Aber eins sage ich dir: Die Sache mit den Barbaren ist noch nicht vom Tisch."

*

„Ich kann nicht nein sagen", klagte ich, während ich mich unter Silenus' geschickten braunen Händen wand und krümmte. „Er

hat so viel für mich getan. Ich war ein Nichts, er hat mich empor-
gehoben, mich mit seinem Vertrauen beehrt. Zuerst Sklave, dann
Hausverwalter, dann Sekretär und Vertrauensmann. Alle wichti-
gen Dokumente gehen durch meine Hände. Sagt selbst, ist das
nichts?"

Die braunen Hände hielten einen Augenblick ein, dann fuhren sie
fort, auf meinen Rücken zu trommeln. Ich jammerte weiter: „Er
hat immer zu mir gestanden. Wie kann ich ihm dann meine Ge-
folgschaft versagen?"

Deipyle kam mit einer Glasphiole. Kalt gepresstes Olivenöl, das
beste, das Spaniens Ölbäume hergeben. Sie kniete nieder und ließ
feierlich ein paar Tropfen auf meine Schienbeine fallen. „Du
machst das schon, Herr", sagte sie mit ihrem sanftesten Lächeln,
„wie immer."

Ich richtete mich auf. Behutsam, aber mit Nachdruck verrieb Silenus das Öl auf meinen Beinen. Deipyle verfolgte das Ganze mit
Kennermiene. Ich greinte: „Wie stellt er sich das vor? Er will ja
direkt an die Römische Geschichte des Cassius Dio anknüpfen
und nicht nur eine Bilanz seines eigenen Regnums ziehen, sondern auch die Herrschaft seiner Vorgänger festhalten. Septimius
Severus, das geht ja noch, aber wie kann er den Caracalla präsen-

tieren, als brutalen Machtmenschen, wo er ihn doch als seinen Vater preist? Und das Scheusal Elagabal, wie passt das in die erlauchte Porträtgalerie? Da kann man doch nur den Kopf schütteln. - Aber sei's drum. Ihr habt euch doch umgehört. Was sagt man in der Stadt über den Kaiser?"

Deipyle nahm kein Blatt vor den Mund, aber wir waren ja auch unter uns. „Er ist zu schwach. Er hat Truppen vom Limes abgezogen, um sie in Persien einzusetzen. Der Limes war schutzlos, und das haben die Germanen ausgenutzt, um vorzudringen."

„Ja", sagte ich, skeptisch meine ölglänzenden Knie betrachtend, „die Germanen lauern hinter dem Wall und warten die nächste Gelegenheit ab."

Ungehalten wuchs ich in meiner ganzen erbaulichen Nacktheit empor. Deipyle kam mit meiner Vormittagstunika. Während sie mir den gediegenen Stoff überstreifte, flüsterte sie mir ins Ohr: „Er stand unter dem Pantoffel seiner Frau. Die hat die Kaiserinmutter in die Wüste geschickt, und jetzt steht er unter ihrem mütterlichen Pantoffel. Das ist Stadtgespräch, *Domine*."

Ein Schwächling und Muttersöhnchen. Armer Junge, sollte man ihn verdammen oder bemitleiden? Verdrossen stierte ich in den Herbstmorgen, der flimmernde Lichtspiele auf die phrygischen Marmorfliesen warf. „Die Götter mögen uns beistehen", flüsterte ich. Dann, lauter: „Was ist das für ein Lärm draußen? Kann man denn nicht einmal am Vormittag seine Ruhe haben?"

Silenus wischte sich die Hände an einem Tuch ab. „Die Soldaten exerzieren. Sie haben ja sonst nichts zu tun."

„Also, Feldwebelgeschrei ist das Letzte, was ich jetzt vertrage." Ich glitt ächzend empor. „Und jetzt muss ich auf andere Gedanken kommen. Ich gehe in die Stadt."

Severus Alexander, Mogontiacum, September 987

Was befürchtet Mutter? Dass sie in meinen Memoiren schlecht wegkommen wird? Dass Encolpius die Fakten verdreht? Oder ich sie selbst in einem ungünstigen Licht darstellen will?

Wie schlecht kennt sie mich doch! Dabei weiß ich nur zu gut, was ich ihr alles verdanke. Und ich wäre wahrhaftig ein missratener Sohn, wenn ich nicht gebührend die Verdienste hervorstreichen würde, die sich Julia Mammaea um Reich und Thron erworben hat.

Sie ist die beste Mutter der Welt. Aber wenn sie glaubt, dass irgendjemand ihr die Liebe ihres Sohnes streitig machen will, dann kann sie zu einer Tigerin werden. Und wenn sie sich einmal an etwas festgebissen hat, lässt sie nicht locker.

Die Tirade, die sie gerade vom Stapel gelassen hat, hallt mir noch in den Ohren, schrill und eindringlich:

„Was bildet sich die kleine Ratte ein? Dass er gelernt hat, griechische und lateinische Buchstaben zu kritzeln, verdankt er uns, und auch sonst alles. Nun ja, ich war froh, ihn zu haben, als meine geliebte Schwester und ihr perverser Sprössling uns nach dem Leben trachteten. Gefügig war er immer. Nur seine Vorliebe für junges Fleisch musste ich ihm austreiben. Ich gab ihm die Peitsche zu schmecken, als ich ihn mit – wie hieβ sie schon wieder? – mit der punischen Dido im Bett erwischte. Das wird er nicht vergessen haben.

Er ist meine Kreatur, es bleibt dabei. Und wenn du ihn auch über die Maβen begünstigt hast. Encolpius! Was ist er schon? Ein heuchlerischer Zwerg, der seine krummen Beine durch die Weltgeschichte schleppt und glaubt, dadurch sei er Herodot! Deine

Großmutter war so töricht, ihm in ihrem Testament hunderttausend Sesterzen zu vermachen, und damit kleidet er sich jetzt in phönizische Baumwolle, schlürft Austern, hält sich Sklaven und suhlt seine klapprigen Beinchen in Heiß-und Kaltbädern. Man stelle sich vor, er wagte es, mir am Golf von Neapel seine Aufwartung zu machen, nur weil Baiae auf seiner Liste der Luxusthermen nicht fehlen durfte!

Und jetzt diese sogenannten Memoiren ... Ich habe kein gutes Gefühl. Auf keinen Fall darf es so aussehen, als ob auch nur der Schatten eines Zweifels an deinem Thronanspruch bestehen würde. Es mag stimmen, dass ich selbst und Großmutters Denare nachgeholfen haben, aber auf dem Papier muss stehen, dass in dem Moment, wo das Monster und seine Mutter abgestochen waren, du der Einzige warst, der alle Erwartungen erfüllte. Ein Kaiser ohne Fehl und Tadel. Der neu geborene Augustus, der reinkarnierte Alexander der Große. Dafür haben dich die Götter ausersehen."

„Mutter, das weiß ich ja. Und ich habe Encolpius ausdrücklich eingeschärft ..."

„Bitte, lass mich ausreden." Ihre Augen, vor deren Schärfe sich jeder duckt - und hier schließe ich mich nicht aus - blitzten, an ihren Ohrläppchen pendelten die Saphirohrringe. „ Du bist der

Kaiser, und sonst niemand. Sollte es irgendjemand wagen, auch nur anzudeuten, dass du dich von deiner Mutter bevormunden lässt ...."

„Davon kann doch keine Rede sein!"

„Nun gut." Langsam beruhigte sie sich, und ihr Ton wurde sanfter. „ Julia Mammaea steht im Schatten, Caesar Augustus im Licht. Ein würdiger Nachfolger des Septimius Severus. Der wusste mit eiserner Hand zu regieren, der wusste seine Leute mitzureißen und Kriege zu führen. Du aber, du schonst Schwerverbrecher, verhandelst mit Barbaren und wirfst dein Geld zum Fenster hinaus. Gut, dass du mich hast." Sie hatte kaum Zeit, Atem zu holen, und schon ging es in derselben Tonlage weiter: „Ein würdiger Nachfolger des Septimius Severus, jawohl. Das war ein Mann, selbst wenn er deine Großmutter eine Geldschlange, Soaemias ein Flittchen und mich eine verhinderte Jungfrau nannte. Aber seine Söhne haben es ihm gezeigt, das war wenigstens e i n e Genugtuung."

Was war schlimmer, wenn sie ausfallend oder wenn sie allzu vertraut wurde? Ich wusste es nicht. Hilflos rieb ich meine Nase und stand wie ein gescholtener Schuljunge vor ihr. Sie seufzte, dann rang sie sich ein Lächeln ab und fuhr mir mit ihrer knochigen Hand über die Wange. „Nimm es nicht zu schwer. Du machst das schon, mein Großer. Auf eins kannst du dich verlassen: Deine Mutter steht hinter dir, voll und ganz."

Encolpius, Mogontiacum, Oktober 987

Der Weg führt mich am Forum vorbei zum Hafen. Über dem Morgentrunk in meiner Lieblingskneipe war der letzte Klatsch zu erfahren. Zum Beispiel lästert man, Julia Mammaea suche zwar gerne die örtlichen Juweliere auf, die Bezahlung zögere sie aber so lange hinaus, bis ihr Sohn die Schuld begleicht. Die Knauserigkeit der Augusta liefert ja immer wieder Gesprächsstoff. Was den Kaiser betrifft, so macht man sich offen über seinen religiösen Fimmel lustig. So habe er in seiner Hauskapelle nicht nur die römischen und keltischen Gottheiten stehen, sondern auch Statuen von Buddha und Zarathustra. Ja, in seinem privaten Pantheon habe sogar eine Stele mit dem Abbild eines Fisches, dem Emblem des übel beleumundeten Christengottes, einen Ehrenplatz.

Tja, bei Getratsch und Morgentrunk habe ich so viel Zeit verloren, dass es für die üblichen Tempelbesuche zu spät ist. Sowieso, der

Trias Jupiter-Juno-Minerva entrichte ich gerne meinen Tribut, aber ins Mithräum oder das geräumige Heiligtum, das der Isis und der Kybele geweiht ist, setze ich keinen Fuß. Diese Kulte sind mir zu blutig, und alles, was ich mir auf meine alten Tage noch ersehne, ist wegzukommen von Tumult und Schlächterei.

In die Thermen kann ich nicht, die sind am Vormittag ja den Frauen vorbehalten. Eigentlich ungerecht, denn dann ist das Wasser noch frisch und rein. Leicht verstimmt schlendere ich zum Hafen. Triremen und weitere Kriegsschiffe wippen auf den Wogen. Die *Lusoriae* wirken spielerisch, wenn es darauf ankommt, können sie aber, von einer Vielzahl Ruderer angetrieben, vorschießen wie flinke Lachse. Nebenan kommen Lastkähne, legen an, stoßen ab. Güter jeglicher Art werden umgeschlagen. Dickbäuchige Prähme schleppen Lebensmittel, Weinamphoren, Getreide heran, andere transportieren Baumaterial: Holz aus dem Spessart, roten Sandstein aus dem Odenwald, Schiefer aus der Eifel, Ziegelsteine aus den Nachbarorten. Nichts und niemand scheint hier jemals stillzustehen.

Und ich, soll ich untätig in den Tag hineinträumen? Ein Betrieb bleibt, der gleichfalls niemals stillsteht. Automatisch lenke ich meine Schritte in die Gassen, wo Türgiebel unter dem Zeichen des erigierten Phallus mir die Richtung angeben. Streng genommen, streng genommen kann auch ein strapazierter Sekretär sich mal ein kleines Vergnügen gönnen.

Die Frage ist nur: zu Rauthgundis, der flachsblonden Gotin, die es so meisterlich versteht, einen alten Mann auf Trab zu bringen? Oder doch lieber zu der kleinen Nubierin, die sich den Künstlernamen „Fringilla" (also Fink) zugelegt hat? Die nimmt zwar fünfzehn As, aber ihr Repertoire ist noch weitgefächerter. Wie gesagt, ein kleines Vergnügen kann man sich schon mal gönnen.

*

Als sei alles in bester Ordnung, hielt der Kaiser darauf, seinen 26. Geburtstag, der auf die Kalenden des Oktobers fiel, so feierlich wie möglich zu begehen. Ganz Mogontiacum sollte daran teilnehmen. Es begann mit einer Militärparade, bei der die Lanzen, Langschwerter und Rundschilder, die unsere Legionäre seit einem Menschenalter handhaben, zur Geltung kamen. Seine ausgezeichnete Schulung bei renommierten Rhetorikern wie Serapion, Frontinus, Macrianus und Granianus konnte Alexander in einer Ansprache an seine Soldaten unter Beweis stellen. Der leichte syrische Akzent störte kaum, schließlich sprach er besser Griechisch als Latein.

Am Nachmittag strömte alles ins Theater. Hier sollte die „Schwiegermutter" des Terenz aufgeführt werden. Zwar wehte eine kühle Brise vom Fluss, aber in Grobgarn und Pelzkragen konnte man es in der Oktobersonne schon auf den windgeschützten steinernen Rängen aushalten. Gespannt und gut gelaunt sah das Publikum einem inzwischen selten gebotenen Schauspiel entgegen.

Severus Alexander saß neben seiner Mutter in der Kaiserloge, neben ihm der Provinzgouverneur, der nicht nur *Praeses,* sondern auch Legionslegat war. In satter Süffisanz breiteten sich die Spitzen des Heeres und der Zivilverwaltung aus: Offiziere, Präfekten, Tribune, Ädilen, Quästoren. Als duftiger weißer Flor scharten sich die Vestalinnen um ihre Oberpriesterin, die *Virgo Maxima.*

Alle Kulte waren vertreten, auch die einheimischen sowie die Juden und Christen. Unser Imperator hatte sogar die Germanen eingeladen, die hatten aber gemeldet, sie könnten erst anderntags anreisen. Aber die Feinheiten der klassischen römischen Komödie wären sowieso an den Barbaren verloren gewesen.

Diese Feinheiten wurden zunächst durch jubilierende Fanfarenstöße eingeleitet. Aus Wasserorgeln rauschten Fluten des Wohlklangs, aus den kupfernen Rinnen, die entlang der Tribünen verliefen, strömte kilikisches Safranwasser. *Cavea* und *Orchestra* schwebten in einer euphorischen Wolke.

Ein Seufzer ging durch die Menge, denn jetzt trippelten Tänzerinnen heran, die sich in eleganten Bewegungen auf der *Orchestra* verteilten. Blumenkränze und durchsichtige Schleier umflossen die wohlgeformten Glieder. Die choreographische Darbietung wurde von Lyren, Harfen und Doppelföten begleitet.

Nach und nach mischten sich Faune und Bacchantinnen in den Reigen, der Rhythmus wurde wilder, dann tanzte die gesamte Gesellschaft zu Trommel- und Zimbelklängen hinaus. Ob dem tollen Treiben, aber auch wegen der steigenden Temperaturen war es dem Publikum heiß geworden. Man streifte Grobgarn und Pelzkragen zurück, streckte die Beine aus, bediente sich aus Weinschläuchen und Bierkannen.

Es war jetzt Zeit für den Prolog. Er wurde von einem nicht mehr ganz jungen Schauspieler vorgetragen, der sich zwar nicht in seinem langen grauen Bart (der echt zu sein schien), wohl aber in seinen Iamben verhedderte.

„Ist das penibel!", sagte eine weibliche Stimme neben mir. „Das will ja kein Ende nehmen."

Ich blickte auf. Ein voluminöser Wollmantel bauschte sich neben mir, unter dem sich angenehm rundliche Formen verbargen. Unter der Kapuze schauten eine lustige kleine Nase und ein vergnügtes pausbäckiges Gesicht hervor. „Es dauert nicht mehr lang", suchte ich die Ungeduldige zu beruhigen. Ich wartete aber das Ende der langgewundenen Iamben und den mühseligen Abgang des Prolog-Greises auf seinen *Soccus*-Schuhen ab, bevor ich hinzufügte: „Es geht nicht so ausgelassen zu wie bei Plautus, aber es ist ein gutes Stück. Ich habe es einmal gesehen. In Byzanz, bevor das von Septimius Severus in Schutt und Asche gelegt wurde."

„Ach so", sagte sie und sah mich aus forschend gerundeten braunen Pupillen aus. Wortlos reichte sie mir eine Türe mit kandierten Früchten. Ich konterte mit den Walnusskernen, die in meiner Tasche steckten. „Heute Morgen eigenhändig gepflückt."

„Aha". Sie kaute anerkennend und sagte. „Der Herr ist wohl weit gereist."

„Nun ." Jetzt mussten wir den Mund halten, denn die Komödie nahm ihren Lauf. Die Zuschauer waren sehr angetan von der Geschichte um Pamphilus, der sich mehr zu der Hetäre Bacchis als zu seiner angetrauten Ehehälfte Philumena hingezogen fühlt. Zum Schluss muss er doch bei dieser bleiben, obwohl sie, als Frucht einer vorhergehenden Vergewaltigung, ein Kind von einem anderen Mann erwartet. Für die rechte Ordnung im Ehestand sorgt, wie es sich gehört, eine resolute Schwiegermutter namens Myrrina.

Wie köstlich sich meine Sitznachbarin amüsierte, das verriet ihr Kichern und Glucksen. Ungehindertes Gelächter schüttelte die rundlichen Formen, dabei rutschte ein Gesäß, das nicht weniger mollig war, auf dem mitgebrachten Kissen hin und her.

Die Schauspieler waren ausgezeichnet, bis auf den Darsteller des Parasiten, der maßlos übertrieb. Die weiblichen Rollen wurden von Frauen gespielt: eine Neuheit, die sich eingebürgert hat, seitdem Commodus und Elagabal dem Gauklertum Tür und Tor geöffnet haben.

Nachdem die Schauspieler unter tosendem Beifall abgetreten waren, machte ein Satyrtanz den Abschluss. Die lärmende Masse der Zuschauer wälzte den Ausgängen zu und strebte heimwärts. Unter ihnen, ohne dass ich noch ein Wort mit ihr hatte wechseln können, meine mollige Sitznachbarin. Zu Mann und Kindern, wie ich annahm.

Am folgenden Vormittag sah ich ihn wieder. Er stand unter den Neugierigen, die verfolgten, wie die Germanen über die Brücke in Mogontiacum einzogen.

„Wieder allein?", erkundigte er sich, bemüht, beiläufig zu erscheinen. „Und ohne Mann und Kind?"

Schnell wie ein Pfeilschuss entgegnete ich: „Ich bin Witwe, schon seit zehn Jahren. Mein Mann war Offizier. Ich bin hier hängen geblieben. Aber wo sollte ich auch sonst hin, in meinem Alter?"

Mir war klar, was er dachte. Eine stramme Decurionen- oder Centurionenwitwe, die sich gut gehalten hat. Nun, ist etwas Unehrenhaftes daran? Ich stellte mich als Aelia Lepida vor, aus Umbrien gebürtig. Auf mein etruskisches Blut bin ich schon stolz. Also reckte ich meine noch immer ansehnlichen Brüste hervor und schaute ihm gerade ins Gesicht. „Ich bin Lucius Encolpius ", sagte er, „und komme ursprünglich aus Bithynien."

„Dort, wo Julius Caesar es mit König Nikomedus trieb?", sagte ich, Schalk in der Stimme.

„Oh, das ist lange her. - Ich stehe in den Diensten unseres erhabenen Kaisers, für den ich Schreibarbeiten verrichte."

„Nun, das ist ja sehr ehrenwert. Er ist nett, unser Kaiser, nicht wahr? Rührend, dass er sogar seine Mutter mit in den Krieg nimmt."

Nach diesen nicht ganz ohne Hintergedanken hingeworfenen Worten wandten wir unsere Aufmerksamkeit dem Spektakel zu, das sich uns bot. Kühn und selbstbewusst zogen die Barbaren in Mogontiacum ein, als gehöre es ihnen. Es waren Respekt gebietende Gestalten, gut genährt, hoch gewachsen. Ins Auge stachen in erster Linie ihre – zumeist rötlichen – Schnauzbärte und ihr straffes Haupthaar, das sie zu aufwändigen suebischen Knoten verknüpft hatten. Sie präsentierten sich bevorzugt in Streifen und Karos, allemal jedoch in ihrem besten Zwirn. Ich raunte: „Die Germanen sind auch nicht mehr das, was sie einmal waren. Jedenfalls laufen sie nicht halb nackt herum, wie Tacitus behauptet."

„Das wäre bei diesem Wetter auch nicht anzuraten", sagte Lucius Encolpius. Ohne mich einschüchtern zu lassen, erwiderte ich die ungenierten Blicke, die die germanischen Frauen von ihren Ochsenkarren auf uns warfen. Bewunderung riefen unsererseits die germanischen Pferde hervor: Nicht minder stolz als ihre Besitzer, tänzelten Hengste und Stuten mit glänzenden braunen oder ebenholzfarbenen Flanken über das Pflaster und ließen seidige Mähnen im Winde wehn.

Der Kaiser unterhielt sich angeregt mit den Neuankömmlingen. Nur der Dolmetscher war pikiert, dass seine Dienste nicht gebraucht wurden, denn der Suebenhäuptling Ingimer beherrschte das Lateinische recht ordentlich. Thusmarich, sein Bruder, bediente sich vor allem der Zeichensprache. Von der Statur her ein Hüne, mit schlohweißen Ziegenhaarhosen um die muskulösen Waden und einem fein gehämmerten Metallgehänge auf der Brust, zeigte er sich von der kunstvollen Gürtelschnalle angezogen, die einem Legionär um die Taille hing. Unmissverständlich rabiate Gesten zeigten, dass er diese gegen seinen nicht weniger auffälligen Ohrring einzutauschen gedachte. Der Legionär schien nachzudenken, bevor er von seinem Vorgesetzten zur Ordnung gerufen wurde. Thusmarich schnaubte verächtlich in seinen Knebelbart und schritt dann zur nächsten Gürtelschnalle weiter.

In der Zwischenzeit ging der offizielle Geschenkaustausch vonstatten. Ingimer hatte Bernstein und Tierfelle mitgebracht (vermutlich auf seinen Raubzügen im Norden erbeutet). Im Gegenzug ließ Severus schön gearbeitete silberne Platten und Trinkbecher überreichen. Dass diese ursprünglich aus einer germanischen Werkstatt stammten, brauchte man den Barbaren ja nicht unter die Nase zu reiben.

Von dem Silberservice waren sie sehr eingenommen. Die Kaiserinmutter stand dabei, lächelte unter ihrem feinmaschigen Haarnetz und wiegte den Bernsteinschmuck in ihren Händen. Sie zuckte nur zusammen, als Ingimers Frau mit entschlossenem Schritt und ohne eine Miene zu verziehen auf sie zutrat und ihr dann einen Zobel um den Hals schlang. Mammaea blinzelte und deutete mit einer dezenten Verbeugung ihren Dank an, während ihre Finger mechanisch über den Pelz glitten.

Römer und Germanen zogen sich jetzt für die Verhandlungen ins Statthalterpalais zurück. Wir gewöhnlichen Sterblichen blieben draußen, eingekeilt von Streifen und Karo. Etwas wie eine Verbrüderungsaktion war im Gange. Dazu brauchte es keine gemeinsame Sprache: Soweit ich das aus den sehr unterschiedlich klingenden gutturalen Lauten schloss, die aus den Barbarenkehlen kamen, gehörten die hier anwesenden Germanen durchaus verschiedenen Volksgruppen an. Die wackeren Recken hinderte dies jedenfalls nicht daran, mit den Legionären zu würfeln und sich von ihnen Rhein- und Moselwein ausschenken zu lassen.

Ihre Frauen waren vor allem auf Tauschgeschäfte aus. Gallorömischer Modeschmuck erregte ihr besonderes Interesse. Um das zu ergattern, boten sie ihrerseits kräftigen Kräuterhonig, knalliges Blondhaar, deftige Schinken und knackige Lederjoppen an.

Das bunte Treiben hielt an, bis uns erneut Fanfaren ins Theater riefen. Dort sollten Römer und Germanen im Wechsel ihre Fertigkeiten vordemonstrieren: ein klarer Beweis, dass die Verhandlungen zufriedenstellend verlaufen waren. Die Reittiere der Gäste machten eine Ehrenrunde im Theateroval, das man mit Sand bestreut hatte. Einmal mehr riefen die edlen Rösser und ihre in blitzenden Rüstungen prangenden Reiter Händeklatschen und Bewunderungsrufe hervor. Encolpius zuckte vor Begeisterung mit seinen kurzen Beinen, ich war nicht minder entzückt. Ehe das Schauspiel zu Ende ging, waren wir übereingekommen, uns wiederzusehen.

Nach der Pferdeparade stand eine Art Schwertertanz auf dem Programm. Die Germanen wirbelten ihre Klingen und Speere herum, dass es eine Lust war. Und dass sie ihre Waffen, nachdem sie durch die Luft gekreist waren, mit lässiger Eleganz und wendigen Handgelenken wieder auffingen, ohne sie fallen zu lassen, das war schon einen Sonderapplaus wert.

Natürlich wollte sich der Caesar Alexander nicht lumpen lassen. Um seine Gäste zu beeindrucken, hatte er sich der traditionellen römischen Reiterspiele erinnert. Die besten seiner Soldaten führten einen fingierten Kampf zwischen westlichen Kriegern und orientalischen Amazonen auf. Es sah richtig süß aus: Roms Streiter mit roten Federbüschen auf dem Helm, nackten Oberkörpern und golddurchwirkten plissierten Röckchen um die Schenkel, die ebenfalls von Männern dargestellten Amazonen in bauschigen Purpurhosen, gewölbten Brustpanzern und lockigen Perücken über silbrig scheinenden Gesichtsmasken.

Die Römer applaudierten, die Germanen staunten. Wie mir Encolpius später berichtete (der es vom Kaiser selber hatte), kraulte Ingimer seinen Schnurrbart und raunzte, nachdem er sich den Sachverhalt hatte erklären lassen, unserm Caesar zu: „Unsere Weiber gehen mit uns in die Schlacht und reichen uns auch mal unsere Speere. Aber dass ihr eure hoch zu Ross kämpfen lasst – das ist schon eine tolle Sache, oh König der Römer!"

Encolpius, Mogontiacum, Oktober 987

„Als Septimius Severus die Macht übernahm", diktierte Alexander in seinem monotonen, bedächtig-zögerlichen Tonfall (als wäge er jedes einzelne Wort ab), „tat er dies im Bestreben, Roms alte Größe wiederherstellen. Nach dem glorreichen Zeitalter von Trajan, Hadrian, Antoninus Pius und Marcus Aurelius war diese Größe von Unruhen und Tumulten überschattet worden: Der greise Stadtpräfekt Helvius Pertinax übernahm die Kaiserwürde nur widerwillig, bevor er von seinen eigenen Männern ermordet wurde. Sein Nachfolger, der Senator Didius Julianus, gab ein Vermögen aus, um zum Imperator gekrönt zu werden, ein weiteres ging für die Orgien und Gelage drauf, die das Hauptmerkmal seiner dreimonatigen Herrschaft waren." Alexander räusperte sich. „Darin haben ja einige Anzeichen des Untergangs des römischen Reiches gesehen."

Ich nickte, während mein Stift über die Papyrusrolle wischte. Alexander, der mit nachdenklichem Gesichtsausdruck zurückgelehnt in seinem Sessel saß, fuhr fort: „Aber das Reich erholte sich, als Septimius an der Donau von seinen pannonischen Truppen zum Kaiser ausgerufen wurde. Dieser unermüdliche Kämpfer kam nicht in einem Patrizierpalast zur Welt, noch war er ein geborener Italiener. Septimius war ein Sohn Afrikas. Libyens Wüstensand wehte um seine Heimatstadt Leptis Magna."

Oh Apollo Musagetes, wenn Imperatoren zu Poeten werden, dachte ich stirnrunzelnd. Der Norden Libyens ist ja nun wirklich alles andere als eine Wüste. Ich enthielt mit jedoch jeglichen Kommentars, sondern ließ meinen Stift weiter über den Papyrus kratzen, während Severus Alexanders monotone Stimme weiter in den morgenkühlen Raum hallte.

„Schon früh fühlte er sich zu Höherem berufen. Mit seinen Alters-genossen spielte er am liebsten Gericht, wobei er die Rutenbündel von seinen als Liktoren fungierenden Kameraden vor sich hertra-gen ließ. Er war klein und zäh von Statur, und seine Ausdauer wurde sprichwörtlich. Das kam ihm zupass, als er barhäuptig über Alpengletscher und durch sandige Einöden marschierte, in voller Rüstung, genau wie seine Männer, die sechshundert-köpfige Elitetruppe, die nie von seiner Seite wich." Als suche er den Geist seines Ahnherrn zu beschwören, blickten Alexanders große Augen zu dem Fenster, hinter dem der Morgen graute. „Et-was wie afrikanische Rauheit blieb ihm sein Leben lang, ebenso sein punischer Akzent. Viele Worte waren nicht seine Sache, er setzte auf Taten und war somit das Idealbild eines Römers."

„Als seine Schwester Rom besuchte", kam es aus der Ecke von Julia Mammaea (wir hatten ihre Anwesenheit nicht verhindern können), „zeigte er ihr im Eilverfahren alle Sehenswürdigkeiten und schickte sie dann umgehend nach Libyen zurück. Mit ihrem schrecklichen Akzent und ihren bäurischen Manieren machte sie sich zum Gespött der Leute."

Unbeirrt fuhr der Kaiser fort: „Zuerst musste Septimius zwei Ri-valen ausschalten. Er besiegte seine Widersacher in Gallien und Kleinasien. Beide mussten dafür mit ihrem Leben bezahlen. Dass dabei Städte wie Byzanz oder Lugdunum in Flammen aufgingen, war bedauerlich, aber angesichts der Härte des Machtkampfes nicht zu vermeiden."

„Den Kopf des Pescennius Niger trug man auf eine Pike aufgespießt herum", kam es aus der Ecke von Julia Mammaea. „Und auf der Leiche des Albinus trampelte Septimius mit seinem Pferd herum."

„Entschlossenes Durchgreifen war unumgänglich", insistierte Alexander. „Nachdem er seine Macht gefestigt hatte, gelobte der göttliche Caesar, dass fortan niemand mehr ohne Urteil hingerichtet werden würde. Ein Versprechen, das er – bis auf ein paar Ausnahmen – gehalten hat."

Ja, dachte ich, nur waren die Ausnahmen recht zahlreich. Nicht wenige bangten damals um ihren Kopf. War der kahl und hatte sich herumgesprochen, dass als nächstes Opfer ein glatzköpfiger Senator auf Septimius' Liste stehen sollte, fassten alle Glatzköpfe sich an den Schädel. Narcissus, der den Commodus erdrosselt hatte und deshalb den Löwen vorgeworfen wurde, war nicht der Einzige, an dem der erhabene Septimius seine Rachelust kühlte.

Alexanders Stimme hatte plötzlich einen exaltierten Klang. „Die Schnelligkeit, mit der er Italien durchquerte, hat all seine Gegner verblüfft. Sein Siegeszug war nicht aufzuhalten. Ohne einen

Schwerthieb zog der große Afrikaner im Rom ein, an der Spitze seiner treuen Infanteristen und Kavalleristen."

Diesmal konnte ich ihm zustimmen. „Das prächtigste Schauspiel, das ich je gesehen habe", erlaubte ich mir, einzuwerfen. „Blumen regneten, Fackeln und Weihrauch brannten. Die Bürger waren weißgekleidet, schwangen Palmwedel und riefen: Ave Caear!"

„Wie Schafe, die im Chor blöken", kam es aus Mammaeas Ecke. Der Kaiser warf ihr einen missbilligenden Blick zu, ließ sich aber nicht in seinem Höhenflug beirren. „Als nächstes richtete Septimius dem Pertinax ein Staatsbegräbnis aus und erwies dem Commodus göttliche Ehren. Dadurch dass er sich Sohn des Marcus Aurelius und Bruder des Commodus nannte, knüpfte er ... äh ... nahtlos an die ruhmreichen Tage der Antoninen an."

Mammaea, die sich unruhig in knisterndem Leinen bewegte, konnte sich einen erneuten Zwischenruf nicht verkneifen: „Und vor allem konnte er damit ihr Vermögen einstecken."

„Geld", sagte Alexander, „war nötig, um die Schäden des Bürgerkriegs zu beheben. Und auch um seine ergebenen Soldaten zu belohnen, dazu brauchte der Kaiser finanzielle Ressourcen. Das Heer hatte ihm zum Sieg verholfen, auf dieses stützte er sich fortan."

Diesmal konnte ich nicht an mich halten. Ich warf meinen Stift von mir und versetzte mit grollender Stimme: „Das Heer ist alles, der Senat ist nichts. Ja, das war seine Devise, und damit konnten die Soldaten hausen, wie es ihnen beliebte. Sich in Palästen, Tempeln und Villen einnisten, sich ohne Bezahlung in Kneipen und Kaufläden bedienen, fluchen und saufen und sich prügeln und die braven Bürger mit ihren Unflätigkeiten terrorisieren."

„Das", sagte Alexander und kniff die Lippen zu, „gehört wohl kaum in eine offizielle Geschichtschronik."

Ich war immer noch wütend, hielt mich aber im Zaum. Nicht so die Kaiserinmutter. Mit einer Geste von ausgesprochener Grandezza raffte sie den Schulterzipfel der Stola, in die sich zur Feier des Tages geworfen hatte, und ließ die beherrschte, aber unmissverständliche Bemerkung fallen: „Auf eins müssen wir uns einigen: Ob die Memoiren in erster Linie die Stärke der Dynastie dokumentieren oder ob sie eine Anhäufung banaler Klatschgeschichten werden sollen. Encolpius mag vielleicht anderer Meinung sein ..." Der Hohn war unüberhörbar. „...aber auf das Niveau eines Sueton dürfen wir nicht sinken."

*

Äußerlich kühl bleibend, hatten wir uns innerlich erhitzt. Sklaven brachten Obst und Becher mit Falerner und Apfelsaft. Mit spitzen Fingern langte Mammaea nach Feigenplätzchen und wartete die Wirkung der Pfeile ab, die sie abgeschossen hatte. Der Kaiser seufzte und streckte seine Hand nach den beiden Hündchen aus, die sich unter dem Tisch balgten.

Dann sagte er: „Natürlich geht die Wahrhaftigkeit der geschilderten Ereignisse vor. Aber allzu trocken soll es nicht werden. Kleine Anekdoten können, wenn sie beweisbar sind, durchaus die Erzählung beleben."

Mammaeas Brauen schossen empor. „Beweisbar? Wie willst du solche Dinge beweisen, wenn du auf das Zeugnis von Schreiberlingen gehst, die von Rachelust und kleinlichem Nachtragen strotzen!"

Wieder einmal war die Bemerkung auf mich gemünzt. Ich schnaubte in mich hinein. Warum sollte ich wohl nachtragend sein? Dass mich Septimius' Männer unter den Tisch tranken und mir die appetitlichsten Mädchen wegschnappten? Wenn überhaupt, dann brannte nicht die Rachsucht, sondern die Erinnerung an Mammaeas Peitschenhiebe in meiner „Schreiberlingen"-Seele.

*

Aus unserer Diskussion wurden wir gerissen, als ein Bote herein-platzte. Die Botschaft, die er überbrachte, war nicht gerade erbau-lich: Die Schiffsbrücke, die der Kaiser bei seinem Vormarsch rheinabwärts einige hundert Stadien von hier über den Fluss hatte schlagen lassen, war von den Alamannen überrannt worden, die damit ein weiteres Mal ungehindert hinter den Limes gedrungen waren.

„Wie weit sind sie gekommen?", fragte Alexander, mit den Augen blinzelnd. Der atemlose Bote stotterte: „ *Auguste*, wir warten noch auf Nachricht. Auf jeden Fall haben unsere dortigen Legaten be-reits ihre Kohorten gesammelt."

Alexander schaute düster. „Ausgerechnet jetzt, wo ich gerade mit meinen Memoiren begonnen habe."

„Es gibt Dinge, die Vorrang haben", sagte Mammae kalt. „Ich hoffe, du weißt, was du zu tun hast. Ich möchte mir jedenfalls nicht vorwerfen lassen, dass ich mich in alles einmische."

„Dann entschuldigt mich, ihr beiden", sagte der Kaiser. „Ich muss umgehend den Generalstab einberufen."

*

Ich ging mit Mammaea hinaus. Während die schwere Holztür hinter uns zuschmetterte, standen wir im Treppenhaus und blickten in den Hof hinab. Regen prasselte auf das Glasdach, unter uns kreischten die Sittiche in der Voliere.

Die Kaiserinmutter stützte sich auf die Balustrade und meinte: „Jetzt wird er wohl endlich handeln."

Ich sagte nachdenklich: „Wie sein Vorbild, der große Septimius Severus."

„Den du nicht gerade in dein Herz geschlossen hast."

„Und du bewunderst."

„Er fand das Reich in Scherben vor und hinterließ es stark und geordnet, ja, dehnte die Grenzen sogar bis nach Kaledonien und zum Tigris aus. Bei allem, was du Tintenkleckser gegen den libyschen Emporkömmling hast, diese Leistung kannst du nicht leugnen."

„Nein." Wir starrten in die Tiefe, die sich mit Leben zu füllen begann. Gestalten in klirrendem Metall rasselten die Stufen hinauf, verbeugten sich halb verblüfft, halb zerstreut vor der Augusta und hetzten dann ins Kaisergemach.

„Ob dein Sohn sich wohl zu ähnlicher Größe aufraffen kann?", überlegte ich.

Sie presste die Lippen aufeinander und raffte ihre Palla. „Egal wie, in dieser Form dürfen die Memoiren jedenfalls nicht an die Öffentlichkeit. Ich setze voraus, dass du, bevor du den letzten Strich darunter setzt, sie mir zur Begutachtung vorlegst."

Aelia Lepida, Mogontiacum, Oktober 987

Encolpius hatte sich bereitgefunden, zum ersten Mal über die Schwelle meines Hauses zu treten. Natürlich legte ich mich tüchtig ins Zeug, um ihm zu imponieren. Ich ließ Ambradüfte verbreiten und Lilien in Kristallvasen auf den Esstisch stellen. Encolpius brauchte man nicht zweimal zu bitten. Er schlürfte genussvoll die bretonischen Austern und die rheinischen Weinbergschnecken und sprach dann mit gesundem Appetit dem Wels zu, der mir Kräutern und Pinienkernen gefüllt war. „Du hast einen guten Koch", sagte er, sich behäbig den Mund abwischend. „Überhaupt scheint man nicht schlecht zu leben, hier in der Vorstadt."

„Es ist vor allem ruhig, und ich kann mein eigenes Obst und Gemüse züchten. Natürlich, so rassige Sklavinnen wie du habe ich nicht aufzuweisen. Ich habe meine gute Cyane, die alles im Haus macht, und einen jungen Batavier, Alaricus. Damit komme ich zurecht, aber ich muss mich doch selbst um alles kümmern." Ich ließ den letzten, in Lauch gehüllten Fischbissen die Kehle hinuntergehen. „Eine Patrizierin, die sich nur mit attischen Friseuren und Parfümherstellern umgibt, bin ich nicht."

„Erzähl mir von den Etruskern."

„Ach, davon wurde bei uns nicht viel gesprochen, und ich habe auch alles vergessen. Ich bin hier zu Hause. Mein Mann hat eine einfache Hundertschaft befehligt. Er war kein Italiener, sondern aus dem Noricum. Er hat sich zwanzig Jahre für den Staat abgemüht. Ihm fehlten nur noch fünf Jahre, um das Bürgerrecht zu bekommen, da hat Kaiser Caracalla das allen Freien des Reiches gegeben. Er ist irgendwie aus Enttäuschung gestorben, mein armer Burrus Malchisius."

„Bestimmt war er ein anständiger Kerl."

„Wie man's nimmt. Willst du einen Nachttisch, Lucius Encolpius?"

„Nun ja, für Süßes bin ich immer zu haben."

Cyane kam mit der Dattelkrem, über die sich der kleine Vielfraß ohne viel Umstände hermachte. Während er in der Krem löffelte, sagte ich: „Ich bin eine halbe Barbarin geworden. Ja, schau nicht so streng, was blieb mir anderes übrig? Ich trage keltische Mäntel, opfere der Epona und der Rosmerta, feilsche auf dem Markt mit Chatten und Treverern und fahre in einer gallischen *Carruca* spazieren."

„Warum auch nicht?"

„Ja, warum nicht. Ich finde diese Trennung unnatürlich."

„Äh, welche?"

„Diese Abgrenzung zwischen den Welten der Römer und der Barbaren. Wir leben im selben Land und wir brauchen einander. Wir können die Germanen nicht für immer von uns fernhalten. Du wirst sehen, mit der Zeit werden beide Völker miteinander verschmelzen, und wer weiß, vielleicht haben in hundert Jahren die Germanen hier das Sagen."

„Du überraschst mich, Aelia, du überraschst mich wirklich. Aber vielleicht hast du gar nicht so Unrecht. Wie ist's, wollen wir ins Schwitzbad?"

„Jetzt, gleich nach dem Essen? Nein, mein lieber Lucius, war wir jetzt brauchen, ist ein bisschen frische Luft. Und meine Birnbäume musst du unbedingt sehen, die tragen jetzt prächtig."

Ich zeigte ihm die korinthische Säulenhalle, die ihn doch beeindruckte, und den Garten, der ihm kaum Aufmerksamkeit entlocken konnte. Nachdem er mir empfohlen hatte, meinen Buchsbaum stutzen und meine Birnbäume propfen zu lassen, ließen wir den Nachmittag bei einem Spaziergang am Rhein entlang ausklingen.

Encolpius, Mogontiacum, Oktober 987

Dem Kaiser wurde keine Entscheidung abgefordert. Die Alamannen zogen sich von selbst wieder hinter den Rhein zurück, nachdem sie ein paar im Grenzgebiet liegende Gehöfte geplündert hatten. Sie waren nur auf Beute aus gewesen, das Imperium selber schien sie herzlich wenig zu interessieren.

Alexander ließ die Schiffsbrücke abtragen und die Grenzbefestigungen verstärken. Natürlich wäre es ratsam gewesen, den Eindringlingen nachzusetzen und sie für ihren Raubzug zu züchtigen bzw. dorthin zurückzudrängen, wo sie hergekommen waren. Das aber hielt unser erhabener Imperator nicht für nötig.

Stattdessen konzentrierte er sich auf seine Memoiren. Mich hatte er zu dem geladen, war er einen „kleinen Imbiss" nannte. Zugegen war Stilio, sein ehemaliger Philosophielehrer. Dass er diesen dürren, blutleeren und weltfremden Stubengelehrten mit nach Mogontiacum geschleppt hatte, hatte ich nicht gewusst. Aber an seinem Tisch war waren ja Krethi und Plethi willkommen.

Der Philosoph und sein kaiserlicher Schüler fachsimpelten nach Herzenslust, danach erging sich Stilio in schamloser Bauchpinselei. So perorierte er: „Es stimmt, hoher Herr, deine Vorgänger hielten die Juden und die Christen mit strengen Vorschriften im Zaum. Du bist ein Muster der Toleranz und gestattest ihnen, ihren obskuren Riten nachzugehen. Und gleichzeitig gestattest du in einer bewundernswerten Offenheit der Perspektive, dass alle Glaubensvorstellungen in den ewigen und all umfassenden Kreislauf des Kosmos einmünden."

Weiteres Gefasel blieb uns durch das Auftragen der Speisen erspart. Der Philosoph schluckte ein Kiebitzei, knabberte einen ardennischen Drosselschenkel und nippte – dies alles mit Leichenbittermiene – an dem widerlich süßen Rosenwein, der Alexanders Lieblingsgetränk war. Nicht weniger ungenießbar erschien uns das „Viererlei", das diesen Gaumengenüssen folgte: Fasanenfleisch, Schinken und Schweineuter, das Ganze in zähen

Pastetenteig gebacken, auch dies eine gastronomische Vorliebe des Kaisers. Die unverdauliche Masse würgten wir mit der Ergebenheit von Märtyrern hinunter.

Zur Krönung des Festmahls ehrte uns der Herrscher damit, dass er seine langen Finger elegisch durch die Saiten einer lydischen Lyra gleiten ließ. Ein Privileg, das nur wenigen Auserwählten zuteilwurde. Unser Caesar verstand es genauso gut, Flöte und Trompete zu blasen, aber heute ließ er es bei der Leier bewenden.

Stilio zog sich nach einem weiteren abgeschmackten Panegyrikos zurück, die Augusta schien auf ihrer *Kline* vor sich hin zu dösen. Der Kaiser, der einen irgendwie fieberhaften Glanz in den Augen hatte, ging unruhig auf und ab, trat zum Fenster, drehte noch eine Runde und setzte sich dann an seinen Schreibtisch, unter dem diesmal graue Wickelgamaschen hervorsahen. Das Diktat nahm seinen Verlauf.

„Unter der straffen und segensreichen Herrschaft des Septimius Severus blühte das Reich, gediehen Handel und Wirtschaft. Dem Kaiser blieben noch ein paar schaffensreiche Jahre, in denen er die Finanzen ordnete, Armeewesen und Verwaltung reformierte und Rom mit Prachtbauen wie den Severusthermen und dem Triumphbogen schmückte, der so eindrucksvoll zwischen das Forum und das Flavische Amphitheater zu stehen kam. Als er im

Alter von vierundsechzig Jahren in Eboracum starb, wohin er gereist war, um den Hadrianswall instand zu setzen, durfte er von sich sagen: ‚Ich habe ein allenthalben zerrüttetes Staatswesen übernommen und hinterlasse ein friedliches, mit Einschluss Britanniens. Als alter, von der Gicht geplagter Mann hinterlasse ich meinen Antoninen einen soliden Thron, wenn sie gut, einen wackligen, wenn sie schlecht regieren werden.'

Der Kaiser machte eine Pause, während der er aus leeren Augen über seinen Schreibtisch starrte. Seine Hunde zerrten an seinen Gamaschen, die Kaiserinmutter gähnte, ich nahm trotz meines Widerwillens einen Schluck Rosenwein und lehnte mich seufzend zurück. Trübes Licht kämpfte sich durch die Fenster, bevor es in den kappadokischen Teppichen versickerte, die den Marmorboden mit ihrer feurigen Pracht überloderten.

Alexander nahm einen neuen Anlauf. „Weise und umsichtig war die Herrschaft des großen Severus gewesen, aber nicht immer hatte er sich mit guten Ratgebern umgeben. Einige missbrauchten sein Vertrauen. So der Prätorianerpräfekt Fulvius Plautianus, sein Landsmann und Jugendfreund, dem Septimius alle Freiheiten und Vergünstigungen zugestand. Er durfte sich seine eigenen

Statuen aufstellen, die größer als die des Kaisers waren, in kompletter Bewaffnung durch Rom stolzieren und dessen Bewohner mit seinem lauten, arroganten Auftreten brüskieren."

„Ja", murmelte ich vor mich hin, „Plautianus durfte alles. Gelüstete es ihn nach einer Barbe oder Muräne, ließ Septimius seine Fischteiche leeren."

„Selbst die Kaiserin", fuhr Alexander fort", verschonte der rüpelhafte Günstling nicht mit seinen Anrempelungen, noch machte seine Ruppigkeit vor den weiteren Mitgliedern des Kaiserhauses Halt."

„Kann man wohl sagen", bemerkte die Kaiserin, plötzlich lebhaft geworden. Das Diktat nahm eine Wendung, die ihr nicht ungelegen kam. Oder hatte sie ihrem Sohn schon vorher strikte Anweisungen gegeben?

Sie spuckte die Traubenkerne in eine Silberschüssel und richtete sich auf. „Dieser ungehobelte Kerl! Fraß wie ein Polyphem und kotzte nachher alles wieder raus! Widerlich!"

„Ja", murmelte ich zustimmend, „es gib nichts Schlimmeres als Verfressenheit."

„Der Kaiser", diktierte Alexander, „hielt so große Stücke auf Plautianus, dass er seinen ältesten Sohn Bassianus mit dessen Tochter Plautilla verheiratete."

Mammaea schnaubte. „Und zur Hochzeit sang sein Kastratenchor. Reizend!"

„Es wurde keine gute Ehe. Der in seiner Ehre gekränkte Bassianus - dem der Kaiser den Namen ‚Antoninus' gegeben hatte - sann vielmehr unentwegt darüber nach, wie er Vater und Tochter loswerden könnte. Er bezichtigte Plautianus eines geplanten Mordanschlags auf den Kaiser, was ihm die Möglichkeit gab, den verhassten Favoriten ohne Urteil hinrichten zu lassen." Alexander hustete und fügte hinzu: „Seine Frau und deren Bruder ließ er nach Lipari verbannen."

Und, als er Kaiser geworden war, umbringen, dachte ich, ohne es auszusprechen. Flink und ehrerbietig flog meine Feder über das Papier. Dann lief es mir eiskalt über den Rücken. Lautlos war Julia Mammaea aufgestanden, hatte sich meinem Pult genähert und sah mir über die Schulter. Ich hauchte: „Ist was, erlauchte Augusta?"

„Nein", sagte sie und war bereits auf dem Weg zu ihrem Sohn. „Aber, um die Übersicht zu behalten und chronologisch korrekt vorzugehen, sollten wir vielleicht zuerst einmal die Familienver-hältnisse der Severer darlegen."

*

Das Stichwort war gefallen. Nachdem er seine Gedanken gesam-melt hatte, führte Alexander pflichtgemäß und irgendwie wie auswendig gelernt aus: „Bassianus Antoninus und Antoninus Geta waren Söhne des Septimius Severus aus dessen Ehe mit Julia Domna. Nachdem seine erste Gemahlin Paccia Marciana verstor-ben war, suchte der Kaiser sich erneut zu vermählen. Chaldäische Sterndeuter erstellten ihm ein Horoskop, wonach die geeignetste Kandidatin Julia Domna war, älteste Tochter des Julius Bassia-nus, der Hohepriester des syrischen Sonnengottes Heliogabal – auch Elagabal genannt – in Emesa war. Julia Domna war für ihre Schönheit und Klugheit bekannt und stammte noch dazu von den Fürsten von Emesa ab. Sie liebte die Künste und die Literatur und war in der Philosophie bewandert. Sie machte Septimius zu seiner zweiten Gemahlin.

Dieser sehr harmonischen Ehe entsprossen zwei Söhne, die besag-ten Antoninen Bassianus und Geta. Als sie auf den Palatin einzog, brachte Julia Domna ihre Schwester Julia Maesa mit. Diese hatte aus ihrer Ehe mit Avitus zwei Töchter: Julia Soaemias und Julia Mammaea. Soaemias war mit einem gewissen Varius Marcellus verheiratet, Mammaea mit Gessius Marcianus. Beide Männer, die dem Ritterstand entstammten und in Syrien beheimatet waren, starben jung und ließen ihre Gattinnen frühzeitig als Witwen zurück."

Erneut glaubte ich Leinen rascheln zu hören und den stechenden Blick der Augusta auf mir zu verspüren. Dies aber war eine Sinnestäuschung. Die Kaiserinmutter lag in selbstbewusster Nonchalance auf ihrer *Kline* ausgestreckt, ihr Sohn, die rechte Hand in seine Tunika gekrampft, arbeitete sich durch das Diktat.

„Soaemias", kam es erneut sehr zögerlich, „war die Mutter eines Knaben, dem man den Namen Bassianus Marcellus gab. In der Folge als Elagabal bekannt, behauptete er, ein Sohn des Antoninus zu sein. Aber aufgrund des Lebenswandels seiner Mutter passte wohl eher der Name Varius - oder Sohn vieler Väter – zu ihm."

Sowohl Mammae wie ich selbst blickten zu der zusammengesunkenen Gestalt am Schreibtisch. Sie mit lauernd gesenkten Lidern, ich mit zusammengepressten Lippen. Eintönig, fast tonlos fiel Alexanders Stimme in den Raum. „Julia Mammaeas Sohn war

Alexianus, den die Götter dazu ausersehen hatten, als Caesar Severus Alexander Augustus zum römischen Kaiser gekrönt zu werden."

Nun, die Klippe der Vaterschaft war umschifft, und in meiner Erleichterung konnte ich mich nicht enthalten, einzuwerfen:

„Wundersame Vorzeichen kündigten sein Regnum an. Die Sonne bildete einen Strahlenkranz über seiner Geburtsstadt Arca Caesaraea, und eine Henne legte ein purpurnes Ei!"

Mit einer ungnädigen Handbewegung wischte der Kaiser die Bemerkung hinweg, als habe er sie nicht gehört: „Alexanders Vorgänger, der göttliche Bassianus Antoninus, zeigte sich schon früh an den Staatsgeschäften interessiert. Als er mit fünf Jahren freigiebig Obst an seine Spielkameraden austeilte, ermahnte ihn sein Vater: ‚Sei sparsamer, du hast keine königlichen Schätze!' Worauf der Knabe erwiderte: ‚Aber ich werde sie haben.'

Antoninus war aufgeweckt, wissbegierig und liebenswürdig zu jedermann. Dazu von ungewöhnlicher Feinfühligkeit. Wurden im Zirkus Verbrecher den wilden Tieren vorgeworfen, wandte er sich weinend ab. Eigenschaften, die ihm die Liebe seiner Eltern, aber auch seiner gesamten Umgebung einbrachten."

Im Unklaren, worauf all das hinaus sollte, senkte ich meinen Kopf. Die Augusta hüllte sich in Schweigen und ihre Palla.

„Nach dem Willen ihres Vaters, des hehren Septimius Severus, sollten Antoninus und Geta nach seinem Tod - nein, schreib, seinem Ableben - die Herrschaft teilen. Die beiden hegten aber von Kindesbeinen an unüberwindliche Feindschaft füreinander. Ob beim Hahnenkampf, ob beim Spiel oder in der Palästra, die Brüder rivalisierten in allem. Beim Wagenrennen waren sie so versessen, einer den anderen auszustechen, dass Antoninus sich einmal in seinem Ungestüm ein Bein brach.

Als Septimius Severus zu den Göttern gegangen war - noch einmal hatte er seinen Söhnen eindringlich ans Herz gelegt, in Frieden miteinander auszukommen -, waren die Brüder in ihrem rasenden Hass nicht mehr zu halten. Bei ihren Verhandlungen über die Teilung des Reiches kam es zu heftigem Streit, ja, sogar Handgreiflichkeiten. Antoninus eilte mit seiner Leibgarde zu dem Teil des Palastes, den sein Bruder bewohnte. Nach einem hitzigen Wortwechsel stürzten sich des Antoninus' Soldaten auf Geta und stachen auf ihn ein. Blutüberströmt starb der Unglückliche in den Armen seiner Mutter, die, vom Blut ihres Sohnes bespritzt, vergeblich den Mord zu verhindern versucht hatte.

Antoninus eilte nun wehklagend durch Rom und beteuerte, er habe diese Tat nicht gewollt, aber sein Bruder habe ihm nach dem

Leben getrachtet, man sei ihm nur zuvorgekommen. Aber vielleicht war dem wirklich so." Der Kaiser sah uns fragend an, wir jedoch hielten unsere Blicke gesenkt. So fuhr er wie ein trotziger kleiner Junge fort: „Er hat dann den Rechtsgelehrten Papianus gebeten, die Tat juristisch zu rechtfertigen. Papianus lehnte ab, worauf Antoninus Anweisung gab, ihn hinzurichten. Aber es war eine Befehlsverweigerung. Oder seht ihr das anders?"

Er sah uns fragend an, wir, unsere Hände in Unschuld waschend, starrten in die Luft. Doch dann erbarmte sich Mammaea ihres hilflosen Sprösslings, trat zu ihm, streifte mit leichter Hand seine hohe Stirn. „Es ist gut so. Bring jetzt deine Vita des Antoninus Augustus so kurz und so sachlich wie möglich zu Ende."

*

„Der Tod des Geta war Antoninus sehr nahe gegangen: Man sagt, die Geister seines Bruders und auch seines Vaters hätten ihn bis in die Träume hinein verfolgt. Sein Gemüt verfinsterte sich. – Oder wie soll man es ausdrücken? Nein …" Alexander fing sich wieder. „Wie so oft bei Menschen, denen Macht gegeben ist, wuchs sein Misstrauen seiner Umgebung gegenüber. In diesem Zusammenhang muss man es sehen, dass er zahlreiche Menschen hinrichten ließ, darunter auch solche, die von der Familie des Marcus Aurelius und des Pertinax übrig geblieben waren."

Nicht weniger als zwanzigtausend, dachte es grimmig in mir. Unbewegt hörte ich Alexander weiter haspeln und tasten: „All dies hielt ihn nicht davon ab, prächtige Bauten zu errichten wie seine die Bewunderung der Nachwelt hervorrufenden Thermen, die ein Segen für Rom werden sollten. Seinen Untertanen vermachte er ein unvergleichliches Geschenk, indem er allen Freien des Reiches das römische Bürgerrecht verlieh. Er führte glänzende Feldzüge gegen die Germanen und die Parthen. Der Parthenkönig bot ihm die Hand seiner Tochter an, doch er lockte die Feinde in einen Hinterhalt und machte sie sämtlich nieder. Dann zog er nach Troja, wo er die Büsten von Achilles und Patroklus bekränzte und ihnen Opfer darbrachte. Obwohl er zu dem Zeitpunkt bereits ziemlich kahlköpfig war, schnitt er sich eine Locke vom Haupt und legte sie in den Opferbrand. – Denn Sinn für die wirkungsvolle Geste zur rechten Zeit hat er jedenfalls gehabt.

Danach begab er sich nach Ägypten, um das Andenken seines großen Vorbildes Alexander zu ehren. Außerdem gab er vor, aus den waffenfähigen jungen Männern Alexandrias ein nach dem ruhmreichen Makedonierkönig benanntes Elitekorps zusammenstellen zu wollen. Die Alexandriner hatten sich aber offen über ihn lustig gemacht, und das wollte er nicht ungestraft lassen. Als die jungen Männer in Reih und Glied standen, um sich mustern zu lassen, gab er den Befehl, sie niederzumachen. Aber auch die umstehenden Zuschauer fielen dem Massaker zum Opfer, das die Ufer des Nils rot färbte."

Stille fiel herab. Die Augusta saß mit aufgestütztem Arm, den Blick zum Fenster. Mein Schreibstift schwebte unentschlossen über dem Blatt. Sklaven deckten den Tisch ab. Alexander langte sich ein paar Brocken Fleisch von der Platte und hielt sie den beiden kleinen Hunden hin. In Gedanken versunken, beobachtete er, wie sie gierig das Fleisch verschlangen, dann raffte er sich auf.

„Antoninus war ein ausgezeichneter Heerführer. Seine Kriege gegen die Parther und die Chatten brachten ihm hohe Anerkennung ein. Bei seinen Soldaten war er sehr beliebt. Er marschierte an ihrer Seite, teilte mit ihnen alle Härten des Soldatenlebens und er scheute sich nicht, eigenhändig Gräben auszuheben oder Wälle zu errichten. Er verzehrte mit ihnen die Soldatenkost, aus Holznäpfen, mit Getreide, das er oftmals selbst mit einer Handmühle gemahlen hatte. Der Jubel der Legionäre umbrauste ihn, wenn er im Lager erschien, in seinem knöchellangen Militärmantel, der ihm den Spitznamen ‚Caracalla' eintrug."

Alexander schob seine Unterlippe vor und ballte seine Hand zu einer Faust. „Dieser einzigartige Herrscher wurde schmählich hinterrücks auf einem Feldzug in Kleinasien ermordet. Im Dienste des Usurpators Macrinus, der kurz danach die Macht an sich reißen sollte, schlich sich der Centurio Martialos von hinten an den Kaiser heran, als er gerade seiner Blase Erleichterung verschaffte, und stieß ihm seinen Dolch in die Seite. - Volk und Heer betrauerten ihn aufrichtig, er bekam Götterstatus und einen eigenen Tempel, und seine Mutter, die nie über die Tötung des Geta hinweggekommen war, war von seiner Ermordung so erschüttert, dass sie sich zu Tode hungerte." Erschöpft sank Severus Alexander zurück. „Und so endete das Leben eines Mannes, der zu den großen Herrschergestalten der Severer gehört."

Und, sagte ich mir, so endet eine politische Reinwaschung, die ein wahres Kabinettstück geworden war.

*

Ich fragte den Kaiser einmal, ob er Bassianus Antoninus persönlich gekannt hatte.

„Ich war noch ein Kind, als er ermordet wurde", sagte er nach einigem Zögern. „Unsere ganze Familie wurde ja gleich nach dieser schrecklichen Tat von Macrinus nach Syrien verbannt. Er hat manchmal mit meinem Vetter und mir gespielt. Nicht lange, denn Geduld war nicht seine Stärke."

„Er war ein großer, starker Mann, nicht wahr?"

„Ein wahrer Herkules. Er konnte mit seinen Händen ein Hufeisen verbiegen. Und ohne fremde Hilfe vier Pferde vor seinen Wagen spannen. Er hielt sich einen Löwen, der ihm, ohne ihn anzugreifen, aus der Hand fraß. Er ging gerne auf Wildschweinjagd. Dann kehrte er mit seiner Beute zurück, übers ganze Gesicht strahlend, das bluttriefende Wild auf den Schultern."

Alexander schnitt eine Grimasse, und ich hakte nach: „Er hatte wohl eine große Wirkung auf die Menschen, *Sewaste.*"

„Ja, er hatte etwas, dem man sich fügen musste. Das lag wohl an seinem unbeugsamen Willen. Widerspruch duldete er jedenfalls nicht."

Man sah, welchem Vorbild mein Imperator nacheiferte. Leider fehlte ihm nur dafür jede Voraussetzung. Seine Begabung lag im Musischen. Er hatte eine schöne Stimme, spielte mehrere Instrumente, zimmerte auch fleißig Verse zusammen. Doch er wusste, dass zu einem gesunden Geist auch ein gesunder Körper gehört.

So übte er sich hartnäckig in den Mannestugenden. Dem Fechten und Ringen kam seine Wendigkeit zugute, für die Handhabung schwerer Waffen war er zu schmächtig. Auch fürs Wagenrennen mangelte es ihm an Leibes- und Willenskraft. Folglich musste er sich damit begnügen, mit seinen osroenischen und sarmatischen Schützen beim Bogenschießen zu wetteifern.

Diesen Bemühungen sahen seine Legionäre nicht ohne einige Skepsis zu. Langeweile und Überdruss breiteten sich in der Lagerstadt aus. Waren sie nicht dem Wachtdienst und strammem Exerzieren unterworfen, hatten die Soldaten Mauern und Wälle in Stand zu halten, Steine zu klopfen und Holz zu fällen. Nicht eben das, was die Lieblingstätigkeit eines kampffreudigen römischen Söldners ist.

Aelia Lepida, Mogonticaum, Oktober 987

Auch Lucius Encolpius gab sich der Körperertüchtigung hin. Von Spaziergängen in freier Natur konnte ich selbst nicht genug kriegen. Ich schleppte ihn sogar zum Kenotaph des Drusus, obwohl er maulte, der hässliche Trumm lohne den Aufwand gar nicht.

Vom Aufstieg ermüdet sank ich auf eine Steinbank. Wer wie ich zu Korpulenz neigt, dem geht schon mal die Luft aus. Von hier oben hatten wir freilich eine herrliche Aussicht auf die Mündung von Rhein und Main. Zwischen den Gräbern vor der Stadt wand sich ein Netz von Pfaden, hingegen strebte eine schnurgerade Straße zu dem Auxiliarlager. Hier aber tat sich nicht mehr viel: Seit das Bürgerrecht für so viele galt, hatte wenige Männer Lust, sich in den Hilfstruppen emporzudienen, sondern gingen gleich in die renommierten großen Legionen.

Unser Blick schweifte zum anderen Rheinufer, wo die Zinnen des Kastells verschwommen in den diesigen Himmel wuchsen. Encolpius schlug vor: „Wir könnte mal mit deiner *Carruca* nach Aquae Mattiacorum fahren. Die dortigen Thermen sollen ganz akzeptabel sein."

„Du verbringst zu viel Zeit im Wasser", sagte ich. „Auf die Dauer bringt das nichts."

„Aber warum denn? Ich hatte immer das Gefühl, es gut mir ganz gut. Du solltest mal die Kuranlagen in Baiae sehen, da glaubt man sich auf dem Olymp."

„Bist du da Stammgast? Baiae, das ist doch nur was für die Reichen und Schönen."

„Unser Kaiser hat seiner Mutter dort eine prächtige Villa errichtet. Und ich gehe regelmäßig dorthin, wenn ich in Italien bin. Die schwefelhaltigen Quellen, die Schlammbäder und die Thalassotherapie sind Balsam für mein Rheuma. Nur einmal hat mir der Ausbruch des Vesuvs einen Strich durch die Rechnung gemacht."

„Allzu scharf macht schartig. Und statt den Leib zu ertüchtigten, verweichlicht ihn das viele Wasser."

„ Wer so viel arbeitet wie ich, darf sich doch mal ein kleines Vergnügen gönnen", sagte er und griff nach seinem Spazierstock. „Wollen wir zurück, meine Liebe?"

Und schon trippelten wir beide den Hügel hinab. Wer uns so sah, musste uns für ein Ehepaar halten, das schon Jahrzehnte zusammen war. Aber, schoss es mir durch den Kopf, was nicht ist, kann ja noch werden. Er war kein übler Kerl, nur den sinnlichen Genüssen etwa zu sehr zugetan. Aber dies müsste ihm eine gewitzte Frau doch abgewöhnen können, das heißt, wenn es ihr gelang, den eingefleischten Junggesellen in den Hafen der Ehe zu lotsen.

Wir hatten beinahe die Stadt erreicht. Eiben und Wacholder bildeten ein Spalier, dahinter blitzten die ersten Dächer. Obstgärtner holten die letzten Äpfel von den Bäumen, durch die ein strenger Wind blies. Encolpius schien zu frösteln. „Du solltest Hosen tragen" sagte ich, während die Kastanien unter meinen Füßen den Hang hinunterkollerten. Und, als er meinen Abscheu bemerkte, fügte ich hinzu: „Man muss sich dem Klima anpassen. Wir sind nicht unter der sengenden Sonne Anatoliens. Wie läuft der Kaiser herum? In Wickelgamaschen."

Er zog es vor, dem Thema aus dem Weg zu gehen. Ich zuckte die Achseln und fragte: „Was hat Deipyle zu meinem Pflaumenmus gesagt?"

„Oh, sie meinte, du hättest etwas viel Honig reingetan."

„Zu süß kann es nicht sein. Sie muss es ja nicht essen."

„Im Moment steht ihr Sinn wohl mehr nach Saurem."

„Wie?

„Nun ja, sie erwartet ein Kind, für den Winter. - Nein, nicht von mir, da seien Hera und Aphrodite davor! Ich weiß nicht, wer der Vater ist, irgendein fremder Sklave, aber es spielt auch keine Rolle."

„Nun, da wirst du ja bald Hilfe in deinem Junggesellenhaushalt brauchen."

„Ich hab noch die Taurica, die kann man anlernen."

Ich runzelte die Stirn. „Nicht im Bett, hoffe ich. - Da wirst du wohl noch mehr ins Bordell gehen."

„Das ist doch harmlos, und kosten tut es auch nicht viel."

„Nun, für einen Mann deine Standes … Aber ich will mich nicht einmischen, das steht mir nicht zu."

„Nun sei doch nicht so." Er schlang den Arm um mich und gab mir einen schmatzenden Kuss. Der landete auf meinem Kinn, weil ich das Gesicht abwandte. „Sie nicht albern, Lucius. Sag mir lieber, was du mit dem Kind machen willst. Wie soll es überhaupt heißen?"

„Severa, wenn es ein Mädchen, Incitatus, wenn es ein Junge wird."

„Ich hör wohl nicht recht. Wie das Pferd des Caligula, das aus einer Elfenbeinkrippe fressen durfte?"

„Genauso. Tja, meine liebe Aelia." Erneut versuchte er mich zu küssen, und diesmal trafen seine Lippen ihr Ziel. „Es ist schon eine verrückte Welt. Manchmal geht es zu wie in schlechten Romanen, wo alle Julia oder Claudia heißen. Oder nach Kaisern und ihren Pferden benannt werden."

Encolpius, Mogontiacum, Oktober 987

Die kaiserliche Galeere stieß ab, sobald sich der Nebelflaum über dem Rhein aufgelöst hatte. Acht Ruderpaare klatschten rhythmisch ins Wasser. Als wir die Mitte des Flusses erreicht hatten, gingen sie im Gleichtakt hoch, und behäbig ließ sich das Schiff auf dem weiträumigen Fluss treiben.

Da sie erkältet war, konnte uns die Kaiserinmutter nicht begleiten, aber weder Alexander noch mir kam dies ungelegen. Auf seiner Liege ausgestreckt, nippte der Imperator an einem Holunderwein und ließ den leicht glasigen Blick seiner Augen über die Ufer streifen. Aus dem dichten Grün ragten die weißen Steine von Tempeln und Wohnhäusern heraus, doch bald schon lösten sie Wälder ab und Weinberge, an deren abgeernteten Rebstöcken der Tau glänzte. Der Himmel war durchsichtig blau, nur von einzelnen dünnen Wolkenstreifen durchzogen.

Erwartungsvoll hob ich mein Schreibrohr. Ein neues Kapitel und ein neuer Autokrator warteten.

Es dauerte eine Weile, bis sich der Kaiser gesammelt hatte. Vielleicht hielt ihn auch der Reiz der Landschaft gefangen. Dann räusperte er sich, und zu dem sanften Plätschern der Wellen erhob sich seine eintönige Stimme über das Wasser.

„Julius Bassianus war inzwischen verstorben, und so übernahm mein Vetter Bassianus Varius bereits in sehr frühem Alter das Amt des Hohepriesters. Er füllte es mit großem Ernst und großer Gewissenhaftigkeit aus. - Im Grunde war es das Einzige, das er in seinem Leben ernst nahm. – Er war ein schöner Knabe, und wenn er vor dem schwarzen Stein seines Gottes tanzte, waren alle hingerissen. Es war etwas Einmaliges, man musste es gesehen haben. Um ihn tanzen zu sehen, kamen die Leute aus Antiochia und Apamea, Palmyra, Tripolis, ja sogar aus Damaskus und Jerusalem."

Verträumt sah Alexander dem Flug eines Habichts nach. Der Vogel kreiste über dem Fluss und stieß dann im Sturzflug auf das Ufergebüsch herab. Alexanders Augen kehrten zu den Wachstäfelchen zurück, auf denen er seine Notizen vermerkt hatte. „Gottesdienst und Tanz, Stein und Tänzer verschmolzen miteinander, so dass er bald nicht mehr Varius, sondern Heliobagal – oder

Elagabal – genannt wurde. In ganz Großgriechenland verbreitete sich die Legende von dem schönen und ephebenhaften Hohepriester des syrischen Sonnengottes."

Ich hüstelte, mein gewohntes Signal, dass ich meinen Beitrag zu leisten gedachte. „*Sewaste,* du hast doch auch in Emesa Tempeldienst verrichtet."

„Ein Kind tut, wie ihm geheißen. Und das Ganze war so farbig, so exotisch, man konnte sich nicht entziehen." Er schürzte die Lippen. „Wärest du nicht dauernd den kleinen Phönizierinnen nachgelaufen, auch du wärest dem schönen Tänzer verfallen. Ich habe es miterlebt, und ich erzähle dir, was mir in Erinnerung blieb. Es sind so viele Geschichten von Elagabal im Umlauf, du hast die Wahl. Nachher magst du es formulieren, wie du es für richtig hältst. Hauptsache, du verschweigst nichts vom Zauber – und von der Verworfenheit dieser Kreatur."

„Herr, du kannst mir voll und ganz vertrauen."

Er nickte, ernst, mit verdüsterter Miene. „Dann höre. Unsere Großmutter, Julia Maesa, war eine Frau, die im Verlauf ihres langen Lebens ein beträchtliches Vermögen angehäuft hatte. Ihr Traum war es, einen ihrer Enkel auf dem Kaiserthron zu sehen. Immer wieder steckte sie Beamten und Soldaten ihre Denare zu, um sie für unsere - ihre Sache zu gewinnen. Eines Tages, nach einem dieser hypnotischen Tanzspektakel, ging sie mit Gannys und Comazon - Liebhabern ihrer Tochter Soaemias und willigen Helfershelfern - ins Lager der III. Legion, zeigte den Soldaten ihren Enkel Elagabal und gab ihn als Sohn des Bassianus Antoninus aus. Worauf die Legionäre ihm einen Purpurmantel umhängten und ihn zum Imperator ausriefen."

Am Ufer stand ein Trupp Waldarbeiter, die ihre Äxte sinken ließen und uns in ehrfürchtigem Schweigen erstarrt nachsahen. Der Kaiser hob seinen Kelch an die Lippen. „Macrinus, der zum Imperator gekrönte Usurpator, war ein verschlagener Maure, grausam, tyrannisch, aber unentschlossen. Die Sache mit dem tanzenden Knabenpriester nahm er auf die leichte Schulter. Statt auf der Hut zu sein, pflegte er selbstgefällig seinen legendären Bart und machte lange epikureische Spaziergänge. Sorglos schickte er den aufrührerischen Elementen lediglich eine Legion unter dem Befehl des Ulpius Julianus entgegen. Nachdem dessen Soldaten zu Elagabal übergelaufen waren und ihrem Befehlshaber den Kopf abgehauen hatten, rückte der plötzlich in Panik geratene Macrinus mit weiteren Truppen nach. Bei Antiochia stießen beide Heere aufeinander. Elagabal ritt seinen Truppen auf einem Schimmel voraus - in einer goldenen Chlamys, mit langem wehendem Haar, wie ein junger Sonnengott. Es war das einzige Mal, dass er sich als Mann zeigte. Für den Rest seiner Herrschaft sollte er den Hanswurst spielen."

„Sardanapal", konnte ich mich nicht enthalten, in mein Tintenfass zu zischen. Monoton und unbewegt fuhr Alexander weiter: „Da das Jahr schon fortgeschritten war, überwinterten wir in Antiochia und Nikomedia. Macrinus war auf der Flucht erschlagen worden, sein Sohn und designierter Nachfolger Diadumenes wurde ebenfalls umgebracht. Rom fieberte uns entgegen. Aber was für eine Überraschung für die braven Bürger: Anstatt des jugendlichen Sonnenkriegers sahen sie einen mit Flitter überhangenen Lotterbuben, geschminkt und aufgetakelt wie eine Hure, der ihnen in einem Tross von Dirnen, Tempeltänzerinnen, Eunuchen, Zwergen, Mohren, Lustknaben und Kamelen Kusshändchen und kokette Blicke unter dick verkleisterten Augenwimpern zuwarf. Und in dem Stil sollte es weitergehen."

In mir bebte der Abscheu, kaum vermochte meine Hand gerade Buchstaben hinzupinseln. Alexander sah mich streng an und fuhr fort: „In Rom brachte der Lotterbube den schwarzen Stein im Tempel des Jupiter Victor unter. Und, da alle Gottheiten dem Heliogabal unterstanden, verfrachtete er sämtliche Götterstatuen dorthin. Auch das geheiligte Pallium der Pallas Athene, das einst Aeneas aus Troja nach Italien mitgebracht hatte."

„Wie es scheint, haben aber die Vestalinnen dem Lustmolch eine Replik des geheiligten Bildes untergeschoben."

„Sei's. Er war ja blind in seinem Wahn. Er ließ dann seinem Gott einen an Pracht nicht zu überbietenden Tempel auf dem Palatin errichten. Zur Einweihung vergoss er Übermengen von Opferwein, schlachtete Hekatomben von Schafen und Stieren. Rückwärts schreitend, hielt er die Zügel der Hengste, die den schwarzen Stein in den Tempel zogen. Wenig später ließ er aus Karthago das Standbild der Astarte oder Tanit kommen, damit die Mondgöttin mit dem Sonnengott Beilager halten konnte. Der Lotterbube selbst hielt Beilager mit der Hohepriesterin der Vestalinnen, die er - trotz ihres Keuschheitsgelübdes - zur Heirat gezwungen hatte."

„Noch heute, erhabener Cäsar", zischte ich in mein Tintenfass, „schaudert die Welt vor dem Frevel, den dieser verabscheuenswürdige Sardanapal beging."

„Nun, sie schauderte, aber sie sah gebannt zu. Was sie zu sehen bekam, konnte einem in der Tat den Atem verschlagen. Neben der Obervestalin Aquilia Severa, die er sporadisch verstieß, hatte er noch zwei Frauen: Cornelia Paula, die ihm missfiel, weil sie einen Flecken auf der Brust hatte, und Annia Paulina, die eine Enkelin des Marcus Aurelius war. Streng genommen waren es aber

Scheinehen. Die Vorliebe des Varius galt vielmehr dem eigenen Geschlecht."

Auch dies ließ meine Feder in Abscheu erbeben. Zähneknirschend notierte ich die Worte meines Gebieters: „Seine Liebhaber kamen allesamt aus den unteren Volksschichten, und ihr Hauptverdienst war die Größe ihres Schwanzes: Zoticus, der Koch, Aurelius Helix, der Athlet, Cordius, Protogenes und Hierocles, die Wagenlenker. Auf die schöne Gestalt des Hierocles waren des Lüstlings begehrliche Blicke bei einem Wagenrennen im Zirkus gefallen. Ihm verfiel er ohne die geringste Hemmung, und der verhängnisvolle Einfluss dieses schamlosen Parasiten sollte ihm am nachhaltigsten schaden."

Ich murmelte: „Konnte einem solchen Ruf noch überhaupt etwas schaden? Man sagt doch, es habe keine Körperöffnung gegeben, die er nicht seiner Lust zur Verfügung stellte. Ja, er habe sich regelmäßig in die Subura geschlichen und sich dort dem Erstbesten für ein As verkauft."

„Ja, und dort traf er seine Mutter Soaemias, die dasselbe Steckenpferd hatte. In der Tat, hier hat er an Verworfenheit den Tiberius, den Caligula und sogar den Nero überboten."

„Gab es denn niemand", sann ich, „der einem solchen Treiben Einhalt gebot?"

„Er war ein verwöhnter Bengel, von klein auf vergöttert und verzärtelt, und man hatte ihm immer seinen Willen gelassen. Jetzt, als Kaiser und personifizierter Sonnengott, wie hätte sich irgendeiner herausnehmen können, ihm Vorschriften zu machen? Seine Mutter hatte vollauf mit ihrer eigenen Hurerei zu tun, und die Großmutter, die ihren Enkel abgöttisch liebte, war nur zu froh, die Staatsgeschäfte selbst in die Hand zu nehmen. In dieser Funktion stand die *Clarissima* ja dem weiblichen Senat vor, dem auch ihre beiden Töchter angehörten."

Ich nickte düster, bemüht, meinen Widerwillen nicht zu offen zu zeigen. Die Sklaven hoben ihre Ruder, da uns ein mit Fässern und Amphoren beladener Lastkahn kreuzte. Wie zur Warnung ließen unsere Soldaten ihre *Bucinen* erschallen, aber der Lastkahn hielt sich in respektvollem Abstand, und wir trudelten weiter.

Severus Alexander fuhr fort: „Die vier Jahre seines Regnums waren ein einziger Sinnenrausch. Berüchtigt waren seine Gelage, für die er bis zu drei Millionen Sesterzen ausgab. Die Tafel war jeden Tag in einer anderen Farbe gedeckt, um die Gaumengenüsse hervorzuheben, die von nie dagewesenem Raffinement waren. Kamelfersen, Hahnenkämme, Flamingozungen, mit Perlen oder Diamanten vermischter Reis, es konnte nichts ausgefallen genug ein.

Dazu ließ der Lotterbube Wein aus Fontänen spritzen und Blumen von der Decke herabregnen, in solcher Fülle, dass sie die geladenen Gäste zu ersticken drohte. Elagabal lehnte auf einem mit Fasanendaunen und Kaninchenhaar gefüllten Polster, fütterte seine zahmen Leoparden mit Gänselebern und trug nichts als Smaragde, damit alle seine unverhüllte Nacktheit bewundern konnten, die nur durch die blauen Flecken verunstaltet war, die ihm sein heißgeliebter Hierocles zugefügt hatte."

„Widerlich", zischte ich.

„Du sagst es. Mit Edelsteinen hat er sich überhäuft, darunter trug er ganzseidene Roben oder orientalische Goldgewänder, so schwer, dass, wie er sagte, ihn ‚die Bürde des Vergnügens erdrückte'. Auch liebte er es, während der Gelage die verrücktesten Geschenke unter seinen Gästen zu verlosen. Diese wussten nie, wie es kam: Als Los konnten ihnen ein Gespann arabischer Hengste, eine mit Gold überladene Sänfte, eine zahnlose alte Hure, zehn Pfund Gold, fünfzehn Strauße, zehn Pfund Blei, zehn Fliegen oder zehn tote Hunde zufallen. An solchen Scherzen hatte Varius sein helles Vergnügen. Er lud ja auch Dirnen und Lustknaben ein, mit denen er über gemeinsame Fertigkeiten fachsimpeln konnte, aber auch Kahle, Lahme, Scheeläugige, sofern sie in geraden Zahlen seine Tafel beehrten.

An Phantasie hat es meinem Vetter nicht gefehlt. Einmal befahl er seinen Sklaven, ihm tausend Wiesel oder tausend Spitzmäuse zu bringen, ein anderes Mal tausend Pfund Spinnweben. Als sie dann zehntausend Pfund zusammenbrachten, kam er aus dem Staunen nicht heraus, ‚wie groß Rom ist'. Ein einziger Taumel, Encolpius, ein einziger Rausch."

*

„Das konnte ja nicht ewig so weitergehen", warf ich ein.

„Das sah jeder, nur Varius nicht. Er mochte sich noch so schminken und enthaaren lassen, die Exzesse gingen nicht spurlos an ihm vorbei. Mit vierzehn war er Kaiser geworden, mit achtzehn war er am Ende. Die Römer sind versessen auf Spektakel, aber jetzt war das Spektakel ausgeleiert, das Vergnügen schal geworden. Frevel und Gotteslästerungen schrien zum Himmel. Varius schien das selbst zu merken. Er verfiel in Depression. Immer öfter suchte er bei seinem Sommerschloss ‚Spes vetus' den hohen Turm auf, den er dort hatte errichten lassen. In diesem Turm brütete er Stunden über der Sammlung von Seidenstricken und Giften in juwelenverzierten Dosen, die er angelegt hatte für den Fall, dass er sich selbst das Leben nehmen wollte oder musste."

Täuschte ich mich, oder klang da etwas wie Mitleid mit dem Sittenstrolch an? Aber schon verhärtete sich Alexanders Gesicht, und er sagte mit bestimmter, nur leicht brüchiger Stimme: „Die *Clarissima* suchte zu retten, was noch zu retten war. Die Beliebtheit ihres zweiten Enkelsohns sehend, überredete sie Varius, seinen Vetter unter dem Namen Alexander zu adoptieren und zu seinem Caesar und designierten Nachfolger zu ernennen. Varius stimmte zu, wenn auch nur sehr widerwillig."

Alexander stockte, dann gab er sich einen Ruck. „Wir standen beide in der Quadriga vor dem versammelten Heer, beide mit dem Lorbeerkranz auf dem Kopf und dem Konsulsstab in der Hand. Die Soldaten ließen mich hochleben, für den Elagabal erhob sich kaum eine Stimme. – Er bebte vor Scham und Wut und flüsterte mir ins Ohr: ‚Das wirst du mir büßen. Ich hasse dich. Oh, wie ich dich hasse, du Ratte!'"

„Kein leichter Augenblick für dich, *Sewaste*."

„Oh ja. Ich wusste nicht, sollte ich aus dem Wagen springen oder sollte ich meinen Dolch ziehen und ihn ihm ins Herz stoßen? Dann aber dachte ich, dass beides Wahnsinn wäre und dass meine Mutter kaum damit einverstanden wäre."

„Eine weise Entscheidung für einen Zwölfjährigen."

„Aber keine leichte. Der Unhold bereute bald, dass er mich zu seinem Nachfolger ernannt hatte. Er suchte mir zu schaden, wo er nur konnte. Da er die Entscheidung nicht rückgängig machen konnte, ließ er schändliche Gerüchte über den Caesar und seine Mutter verbreiten. Er verspottete sie, er ließ ihnen geweihte Stelen und Inschriften besudeln."

„Und er trachtete dir nach dem Leben."

„Ja, mehr als einmal schickte er seine Häscher aus, um mich zu ermorden. Aber meine Mutter sah sich vor. Sie hütete meinen Schlaf, und vor dem Zimmer wachte unsere Leibgarde und du, der treueste meiner Diener. Nie hätte sie zugelassen, dass ich etwas aß oder trank, was von der Tafel Elagabals kam. Meine Mutter, das weißt du ja, hat mich immer dem unheilvollen Einfluss meines Vetters zu entziehen gewusst, denn bereits in Emesa, wo wir Tempeldienst verrichteten, versuchte er, mich zur Unzucht zu verleiten. Meine Mutter aber hatte mich sittenstreng erzogen, im Respekt vor den altrömischen Tugenden. Sie gab mir die besten Lehrer und sie hielt mich konsequent an, mich in Leib und Seele zu ertüchtigen."

Und dein Vetter ertüchtigte sich in Ausschweifungen und Perversionen, dachte ich und musste schier gegen meinen Willen diese mütterliche Weitsicht anerkennen. Allerdings, das hatte ich ja selbst miterlebt, war diese Weitsicht nicht ganz ohne politisches Kalkül. Ohne Zweifel sah Mammaea ihren Sohn bereits damals in den höchsten Ämtern, die sie ihrem liederlichen Neffen und ihrer wollüstigen Schwester von Herzen missgönnte. Ales Dinge, von denen der Musterknabe Alexianus Macrianus keine Ahnung hatte ...

Alexander, in Gedanken versunken, sagte stockend: „Der Bogen war überspannt. Varius benahm sich wie ein Tier im Käfig. Er rieb sich in den wildesten Exzessen auf - der Staat und die öffentliche Meinung schienen ihm egal zu sein. Er vernachlässigte seine konsularischen Pflichten und stieg nicht einmal zum Kapitol hinauf, nur um nicht mit mir gemeinsam den Göttern opfern zu müssen. Volk und Heer murrten. Einmal, als er wie gewohnt vom Altan des Palastes kindische Geschenke auf die Menge herabwarf, musste er sich überstürzt zurückziehen, weil die Menschen unten ihm ‚Wüstling‘, ‚Hurensohn‘ und ‚Sardanapal‘ zuriefen.“

Wir schwiegen. Hastig leerte der Kaiser seinen Kelch. Ich starrte auf meine Schriftrolle. Das kaiserliche Banner wehte im Wind, und auf einem Eselskarren, der am Ufer entlangzuckelte, sang ein junger Bursche ein Lied. Das Wasser trug es zu uns her, es klang sehr melancholisch.

Weiches Licht spielte um Alexanders blasse Züge. Er sagte: „Elagabal bekam es mit der Angst zu tun. Er zerrte mich in einer Sänfte zum Lager, um den Legionären unser gutes Einvernehmen zu zeigen. Aber darauf fiel niemand herein. Er wurde immer aggressiver und immer ungeliebter. Vor den Drohungen Elagabals suchten Alexander und Julia Mammaea schließlich in der Prätorianerkaserne Zuflucht. Es kam zu einer spontanen Kundgebung. Die Soldaten sprachen sich gegen den Tyrannen und für Alexander, den Enkel des Septimius Severus und Sohn des Bassianus Antoninus, als Kaiser aus. Dann marschierten sie geeint zur ‚Spes Vetus‘."

Meine Kehle schnürte sich zu. Mühsam krächzte ich: „Julia Mammaea hätte sie aufhalten können. Oder nicht?"

„Niemand konnte sie aufhalten", sagte er mit hartem Gesicht.

„Sie wollten Blut sehen. Bei der ‚Spes Vetus‘ angekommen, gaben sie sich einer Orgie der Verwüstung hin. Sie schlugen alles kurz und klein. Sie entmannten die Favoriten, schändeten die Freudenmädchen und Lustknaben, stachen die Leoparden in den Käfigen nieder, massakrierten die Mohren, Zwerge und Eunuchen. - Elagabal und seine Mutter hatten sich in eine Sklavenlatrine geflüchtet. Die Soldaten drangen vor und durchbohrten sie mit ihren Spießen, bis kein Leben mehr in ihnen war. Den Leichen tat man jeden Schimpf an, den man sich nur denken kann. Man schleifte sie durch ganz Rom und warf sie zuletzt in den Tiber."

Severus Alexander lehnte sich zurück, leer und ausdruckslos ging sein Blick in die Ferne, weit über die Ufer des Rheins. Dann, fröstelnd in der kühlen Morgenluft, schloss er: „Und solches war das Schicksal eines, der im Alter von zwölf Jahren vor einem schwarzen Stein tanzte und im Alter von achtzehn in einer Kloake endete."

*

Severus Alexander hatte nun einen detailreichen, wenn auch nicht unbedingt objektiven Abriss über das Regnum seiner drei Vorgänger gemacht, die er als Familienangehörige betrachtete. Die Bilanz seiner eigenen, zwölfjährigen Herrschaft zögerte er hinaus. Was begreiflich ist, denn was ist schwerer, als Rechenschaft über seine eigenen Handlungen abzulegen?

Er hatte mir einmal anvertraut, seine Vorstellung eines ehrenhaften Todes wäre es, auf dem Schlachtfeld zu sterben. Ein Ideal, das natürlich in weiter Ferne schwebte. Wer Kriegsruhm sucht und den Tod auf dem Feld der Ehre sucht, darf sich nicht scheuen, zur Waffe zu greifen. Davor aber schreckte unser Severus zurück. Mehr denn je machte der Imperator den Eindruck eines Unentschlossenen, der sich zur eigentlichen Tat nicht aufraffen konnte.

Den germanischen Feldzug sah er als beendet, die Feinde als befriedet, die Grenze als gesichert an. Was lag also näher, als nach Rom zurückzukehren? Allerdings, der Winter stand vor der Tür, und in dieser Jahreszeit war eine Überquerung der Alpen kein Honigschlecken. Wohl oder übel mussten wir uns damit abfinden, in diesen ungastlichen Gefilden zu überwintern.

Den kleinen Reibereien mit seinen eigenen Leuten maß der Kaiser keine Bedeutung bei. Mit aufmuckenden Heeresteilen war er ja bereits während des Perserkrieges fertig geworden. Und wagte jemand Zweifel an seiner Kriegstaktik anzumelden (wie es in Mesopotamien geschehen war), so schlug er alle Bedenken durch impulsive, waghalsige Manöver in den Wind. Pflegte er nicht zu sagen: „Vor dem Soldaten braucht man sich nicht zu fürchten, wenn er ausreichend mit Kleidung, Waffen und Schuhzeug versehen ist und wenn er einen vollen Magen und einen gefüllten Beutel hat." Er sorgte für seine Männer, also mussten sie zufrieden sein.

Allerdings, Müßiggang heißt nicht unbedingt, dass man innerlich ausgefüllt ist.

Um sich die Zeit zu vertreiben, lungerten die Legionäre im *Vicus* herum. Wo man auch hinkam, in Kneipen, Kaschemmen und Garküchen, überall stieß man auf diese ungehobelten uniformierten

Gesellen, die einen anrempelten, anpöbelten, belästigten und überhaupt durch ihr lautes, unmanierliches Benehmen auffielen. Sogar in die Thermen konnte man nicht mehr gehen, denn auch hier machten sie sich breit. Es ist ja so, dass man auch an diesem Ort, wo man Ruhe und Entspannung und feinsinnige Ablenkung sucht, sich gesittet benehmen kann. Dazu aber verliert man die Lust, wenn sich neben einem ein Muskelprotz fläzt, der breitbeinig seine Mannespracht zur Schau stellt, als sei er der Einzige, der die aufzuweisen hat.

Mir jedenfalls waren Thermen- und Lupanarbesuche verleidet, wogegen Lepida natürlich nichts einzuwenden hatte. Ich war unterwegs zum Statthalterpalast, als mich die vage Ahnung überkam, es braue sich irgendwas zusammen. Was genau, war unerfindlich, es konnte aber kaum etwas Erfreuliches sein.

Im Vorhof stürmte mir Alexander – in voller Uniform – mit seinen Ordonnanzen entgegen. Helm und Brustschienen blitzten, aber die kaiserliche Miene war finster verschlossen. „Schlechte Nachrichten, mein Kaiser?", stammelte ich, nachdem ich mich ungeschickt verbeugt hatte.

„Das kann man wohl sagen. Meine Soldaten benehmen mich wie die letzten Menschen. Aber ich habe in Persien zehntausend Panzerreiter zermalmt und dreißig Kampfelefanten erbeutet, ich werde doch nicht vor einer Handvoll Randalierer klein beigeben – Komm mit, dann kannst du dich an Ort und Stelle überzeugen, wie ich mit aufsässigen Elementen umgehe."

Schon hatte er sich auf ein Pferd geschwungen, seine Ordonnanzen folgten seinem Beispiel, und mir hielt ein Stallknecht den Zaum eines stämmigen Wallaches unter die Nase. Ob ich wollte oder nicht, ich musste meinem Herrn nach die Straße zum Militärlager emportraben.

*

Alexander war für seine Milde und Menschlichkeit bekannt. Allerdings, auf Verstöße gegen Sitte und Ordnung pflegte er scharf zu reagieren, und in Disziplinfragen kannte er keine Nachsicht. Ich war also gespannt, wie hart er jetzt durchgreifen würde.

Als wir ins Lager einritten, hatte sich die gesamte Legion, uniformiert und bewaffnet, auf dem großen Platz zwischen den Kasernen aufgestellt. Um die einzelnen Karrees standen die Kommandeure der jeweiligen Abteilungen und Unterabteilungen. Dumpf rollten Trommeln, die Kohortenwimpel wehten, und über all dem stieß die Standarte der XXII. Legion mit dem Bild des Capricorns trotzig in den düster zusammengeballten Himmel.

Das jähe Dröhnen der *Bucinen* ließ uns zusammenzucken. Der Kaiser hatte die Rednertribüne vor der Basilika erstiegen. Hager, schmal und zerbrechlich und doch irgendwie gebietend stand er da, und unter ihm funkelten die goldüberzogenen Schilde seiner Leibphalanx, der *Chrysiaspiden*. Seine Augen schweiften über die beharnischten Kolonnen, die vor ihm abrollten, eine ungeheure Welle, deren Enden sich am Horizont verloren.

Erregte Atemzüge hoben die magere Brust des Imperators, dann straffte er sich, und sein Blick blieben auf den Männern hängen, die mit auf dem Rücken gefesselten Händen vor der Rednertribüne standen. Die *Chrsyiaspiden* schlugen mit durchdringendem Krachen ihre Schwerter auf die Goldschilde und schrien aus rauen Kriegerkehlen: „Es lebe der göttliche Marcus Aurelius Severus Caesar Augustus. Mögen die Götter dich behüten, Caesar Augustus."

Der Kaiser hob kurz den Arm und ließ ihn wieder sinken. Dann begann er mit lauter, bestimmter Stimme zu sprechen: „Kameraden, wenn ihr das Treiben von einigen von euch missbilligt, dann ist die von unseren Vorfahren auf uns überkommene Manneszucht noch immer das Rückgrat des Staates. Löst aber die Manneszucht sich auf, dann bedeutet dies das Ende des Imperiums."

Er holte tief Atem, dann schallte seine von einer gewissen Emotion aufgeraute Stimme erneut über das Feld: „Römische Soldaten, euresgleichen, meine Lagergenossen und Kameraden, huren, saufen und suhlen sich in den Bädern nach griechischer Art und ergeben sich der Ausschweifung. Und ich soll dieses Treiben dulden? Soll diese Kerle nicht an Leib und Leben strafen?"

Reden kann er, dachte ich und duckte mich in meinen Kapuzenmantel. Glücklicherweise hatte ich mich, als ich aus dem Haus ging, warm eingemummt, denn es war klirrend kalt. Jetzt aber fuhr ich erschrocken auf, da aus den Soldatenreihen widerborstiges Murren kam. Der Kaiser konterte augenblicklich: „Ihr braucht eure Stimmen nicht gegen euren Kriegsherrn anzustrengen. Sicherlich haben eure Exerziermeister euch diese Töne für den Kampf gegen Sarmaten, Germanen und Perser beigebracht, nicht aber gegen den Mann, der euch mit Lebensmittel, Kleidung und Sold versorgt. Spart euch also diese drohenden Töne, wenn ihr nicht wollt, dass ich euch noch heute mit einem Wort als Zivilisten entlasse."

Als erhebe sich ein Sturmwind, gingen jetzt tausend Soldatenarme mit blitzenden Schwertern in die Höhe. Ich versank noch tiefer in meinen Kapuzenmantel. Mein Blick fiel auf die gefesselten Übeltäter, denen die Genugtuung über die Rückendeckung ihrer Kameraden aus den Schlägervisagen herausgrinste. Dann sah ich auf den Kaiser, der atemlos über das wogende Meer schaute, während der Lederriemen seines Helms ihm um den Unterkiefer baumelte. Daneben bibberte ein schmächtiges Männchen, das mit gesenktem Kopf eifrig auf eine Wachstafel schrieb: Lucius Encolpius, Sekretär und Vertrauensmann des Kaisers, der mit klammen Fingern fieberhaft seine stenografischen Krakel auf die Wachstafel schleuderte.

Von den *Bucinen* kam ungehaltenes Dröhnen. Die Übeltäter standen trotzig-unbewegt. Hinter ihnen trat die erste Reihe der Phalanx wie schreckerfüllt einen Schritt zurück, aber dahinter murrte und wogte es noch immer. Mit schneidender Stimme rief Alexander in das Tosen: „Nieder mit den Schwertern! Erhebt sie gegen den Feind, wenn ihr den Mut dazu habt. Mich lassen eure Drohungen kalt. Denn wenn ihr mich, den Einzelnen, totschlagen wollt, dann seid sicher, dass der Staat, der Senat und mit ihnen das gesamte römische Volk dafür Rache nehmen werden."

Pferde schnaubten, Trommel rollten. Ein in Gold Glitzernder hastete die Stufen der *Rostra* hinauf, um Alexander seinen Purpurmantel umzuhängen. Der wies ihn unwirsch zurück und hob den Arm. Wie ein Peitschenhieb fuhr es hernieder: „Bürger, wegtreten und Waffen nieder!!"

Als Zivilisten angeredet zu werden, welcher Affront für einen altgedienten Söldner! Der kaiserliche Befehl fuhr den Legionären in die Glieder: Sie ließen ihre Waffen und ihre Umhänge fallen, drehten sich um und marschierten hinaus, vom Exerzierplatz in ihre Quartiere. Nur das Scharren ihrer Soldatenstiefel echote dumpf auf dem kiesbedeckten Untergrund nach.

Encolpius ließ sein Notizheft sinken, der Griffel blieb unschlüssig zwischen seinen Lippen hängen. Der Kaiser, der endlich den Purpurmantel akzeptiert hatte, stieg mit gesenktem Kopf die *Rostra* hinunter. Schneeflocken fielen dünn und zögerlich herab.

Zweiter Teil

Severus Alexander, Mogontiacum, November 987

Wie schön Frauenhaar doch sein kann. Der Himmel ist schiefergrau, als plötzlich ein Lichtstrahl durch die Wolken bricht. In dem warmen gelben Licht wird alles weich: Die Steine des Forums beleben sich, die Lanzen und Speere blitzen in der Sonne, und in den Wasserpfützen scheinen Diamantensplitter zu tanzen. Vor allem nimmt das Haar dieses Mädchens die Farbe des Bernsteins an. Es ist, als fließe Honig in leuchtendwarmer Fülle um das feine Gesichtsoval bis auf die Schultern herab.

Ich habe sie oft gesehen. Der Kleidung nach muss sie eine Keltin oder Germanin sein. In Gesellschaft einer älteren Frau, die meistens grimmig dreinschaut, steht sie unter den Lauben am vorderen Ende des Forums und verkauft Backwaren. In ihrem Korb sind Mohn- und Rosinenbrötchen, Hefezöpfe und Krapfen, alles sieht sehr einladend aus. Sehr im Gegensatz zu der alten Frau mit ihrem eckigen Gesicht, an dem ungepflegte graue Haarsträhnen und einige Bartflechten herabfallen, und deren finsterer Blick förmlich von den Kräutern abschreckt, die sie feilbietet.

Die Bernsteinerne habe ich oft von meinen Fenstern aus gesehen. Wäre ich nicht Kaiser und feige, so würde ich sie ansprechen. So aber ...

So aber steige ich in voller Rüstung auf meinen Schimmel. Um mich schimmert das Gold meiner *Chrysiaspiden*. Die Legionäre stehen in Habachtstellung, im kalten Winterwind ächzen die Fahnen, die *Vexilliae* und der kaiserliche Adler, der mir vorangetragen wird. Legat Publius Cunctus Trebonius hebt den Arm, seine Tribunen und Präfekten schlagen ihre Fäuste gegen ihre klirrenden Brustpanzer. Da ich schnell vorankommen will, nehme ich nur eine *Turma* von der Truppengröße eines 160 Reiter und Infanteristen starken *Numerus* mit.

Auf dem Vorplatz des Palastes steht meine Mutter, ernst und gefasst. Der Zobel des Germanenweibs knistert um ihre Schultern. Sie deutet eine knappe Verbeugung an und sagt mit ungewohnt rauer Stimme: „Pass auf dich auf, mein Sohn. Und halte deinen Kopf bedeckt."

Ich nicke. „Leb wohl, Mutter. Denk daran, ein weißes Böcklein im Tempel des Merkur darzubringen."

„Der Gott der Reisenden möge dich beschützen." Sie tritt zurück und, als sei ich bereits ihren Kreisen entrückt, schreitet sie würdevoll in den Palast zurück.

Jetzt fehlt nur noch einer. Schon will ich mich nach ihm erkundigen, da eilt das kurzbeinige Männchen, mit dem großen Kopf wackelnd, über die Treppen. Der mit Taschen und Schreibutensilien bepackte Silenus schnauft hinterher.

„Nun", sage ich, „ich dachte schon, du nimmst deine Deipyle mit."

„In ihrem Zustand? Nein, Silenus wird sich meiner, so gut er kann, annehmen." Als traue er dem eben noch gepriesenen Sklaven nun doch nicht, reißt Encolpius das Kästchen mit den Schreibfedern an sich. Gleichzeitig schielt er zu den um Forum und Palastbezirk stehenden Zuschauern hin. Dort ist die dickliche, kleinwüchsige Person zu sehen, mit der er seine freie Zeit und, wie es scheint, seit neuestem auch sein Bett teilt. Wenigstens ist sie so diskret, sich nicht vorzudrängen, hält aber demonstrativ ein Taschentuch an ihre aufgeschürzten Lippen. Aber vielleicht ist sie auch nur verschnupft.

„So, können wir?", frage ich, dem kommandierenden *Optio* Sextus Celer ein Zeichen gebend. Auf Silenus gestützt, arbeitet sich der keuchende Encolpius in die Sänfte, die vier muskulöse Hermunduren tragen. Nun, Encolpius ist ein Fliegengewicht, aber an dem ungeschlachten Silenus werden sie mehr zu schleppen haben.

Tuben und *Bucinen* dröhnen, im Gleichtakt poltern Trommelschlegel gegen Rinderfell. Die Männer setzen sich in Bewegung. Ich packe die Zügel und presse meine Schenkel gegen das warme weiche Fell meines Reittieres, das natürlich, wie das Ross Alexanders des Großen, Bukephalos heißt. In dem Moment wieselt doch noch die dickbäuchige Deipyle aus dem Palast. Unter aller Augen lüpft sie den Vorhang der Sänfte, die bereits davonschwebt, und schiebt ein Proviantkörbchen hinein. Vereinzeltes Gelächter ist zu hören. Deipyle hält das nicht davon ab, sich die Augen wischend, aber mit stolz erhobenem Haupt in den Palast zurückzuwackeln.

Unter Pauken- und Trompetenklängen ziehen die Soldaten am Forum vorbei zur Rheinbrücke hin. Das Mädchen mit den Backwaren schaut mich an. Ich sehe, dass ihre Augen die geheimnisvolle grüne Tiefe wasserreiner Turmaline haben.

Sie senkt die Augen, ich blinzele verwirrt mit meinen. In dem Moment schießt das alte Kräuterweib in die Höhe, schiebt einen grimmig-eckigen Unterkiefer vor und zischt: „Zieh aus, hoffe nicht auf Sieg und trau deinen Soldaten nicht."

Und wir ziehen aus, stramm und von Standarten umflattert, als hätte wir nicht bloß den Mainlimes zu inspizieren, sondern *Ultima Thule* zu erobern.

Encolpius, am Limes, November 987

Peinlich, dass mir zur guter Letzt noch Deipyle mit ihrem dicken Bauch nachgelaufen ist. Ganz Mogontiacum wird jetzt annehmen, dass ich sie geschwängert habe ...

Aber daran will ich jetzt nicht denken. Im Wiegen der Sänfte lasse ich mich über die angenehm gepflasterte Straße tragen. Während ich meine Schriften überfliege, verreibt mir Silenus von Zeit zu Zeit Rosenwasser auf der Stirn. Er ist wohlbeleibt, ich minder, und so haben wir genug Platz in der Sänfte. Die Vorhänge haben wir zurückgeschlagen, und sind uns nicht stramme Legionärswaden im Weg, können wir in aller Ruhe das Panorama genießen.

Von den Regionen hinter dem Rhein unterscheidet sich die Landschaft nicht wesentlich. Villen, Gehöfte und kleine Weiler zeigen, dass wir uns noch in der zivilisierten Welt befinden, und in den Poststationen am Weg hält man Wohltaten wie Wein, warmes Essen und mehr oder weniger wohlige Lagerstätten bereit.

Einmal fällt mein Blick auf strohgedeckte, niedrige Hütten aus gestampfter Erde und Holzgeflecht, die am Straßenrand vor sich hin wittern. Hinter verfallenen Holzpalisaden schwanken gebleichte Pferdeschädel auf Pfählen. Silenus' Oliventeint erbleicht, und er fasst sich an das Schlangenamulett, das er am Hals trägt. „Böse Geister, oh Herr. Die Götter mögen uns behüten."

Beim nächsten Halt frage ich Hippolytos, den jungen griechischen *Duplicarius*, den der Kaiser zu meinem persönlichen Schutz delegiert hat, was er mit diesen Gebäuden auf sich hat. „Es sind germanische Siedlungen, die aufgegeben wurden, als der Limes errichtet wurde", sagt er unbehaglich. „Sie haben dort ihre heidnischen Götter verehrt. Seit langem setzt niemand mehr einen Fuß dorthin, um die Gottheiten nicht zu stören."

Silenus wird noch bleicher, und man sieht das Weiße seiner rollenden Augäpfel. „Nimm dich zusammen", knurre ich. „Zeig lieber, was in dem Vorratskorb ist. Ich wette, Deipyle hat sich nicht lumpen lassen."

*

Das Gelände steigt an, die Landschaft wird rauer und kleidet sich in winterliches Weiß. Wohl oder übel muss ich von meiner Sänfte auf den Wallach überwechseln, der mich im seinem gleichmäßig enervierenden Trott weiterträgt. Hippolytos reitet an meiner Seite, hinter uns schwanken Silenus auf einem Maulesel und mein Gepäck auf einem zweiten Muli. Mit dem Kaiser und seinen *Chrysiaspiden* an der Spitze windet sich der echsenschuppige Militärtross wie ein eiliger Tausendfüßler durch Schluchten und Täler und krabbelt über Waldhänge und Grashügel voran.

Dann haben wir die Limeskastelle erreicht, von denen viele Wind und Wetter auf schroffen Bergkämmen trotzen. Hinter den steinernen Wachttürmen, auf deren Wehrgängen die Posten ihre Runde machen, dehnt sich eine nicht sehr einladende, schier endlose Einöde aus schneebedeckten Forsten aus. Allerdings, halbnackte Wilde mit Bärenhäuten, Streitäxten und ochsenbehörnten Helmen laufen hier nicht herum.

Aber solche Unholde würden sich gar nicht erst ins Reichsgebiet vorwagen. Barbaren mit friedlichen Absichten wie Handels- und Tauschgeschäfte hingegen würden nur an wenigen begrenzten Passierstellen durchgelassen, erfahre ich. Der Limes ist noch intakt, Roms Größe unangetastet.

Unversehrt sind die Wehranlagen allerdings nicht überall. So sind die militärischen Verteidigungen und die *Mansio* des Sitzes der II. Raetischen Reiterkohorte auf dem Höhenkamm des Taunus in gutem Zustand, der *Vicus* wurde allerdings beim

jüngsten Germanensturm niedergebrannt und muss jetzt mühsam wiederhergestellt werden. Hier wie bei anderen von den
Chatten und Alamannen verwüsteten Grenzbefestigungen weiter
südlich, die er bereits besichtigt hat, verspricht Severus Alexander rasche Hilfe beim Wiederaufbau und schöpft großherzig aus
der Regimentskasse.

Lässt man sich vom ostentativen Trotz der steinernen Türme und
Zinnen und der über sämtliche topografische Hindernisse hinweg
in die Landschaft schneidenden Holzwälle nicht vordergründig
täuschen, sind allerdings schon Zeichen der Vernachlässigung
oder Demoralisierung erkennbar. So sind einige der Kastelle nach
Caracallas Feldzug nur notdürftig in Stand gesetzt oder gehalten.
Beim Gespräch mit dem Kaiser (nach seiner Gewohnheit erkun-
digt er sich eingehend nach dem Wohlergehen seiner Soldaten)
lassen einige der hier stationierten Wachmannschaften, die meistens aus den fernsten Gegenden des Imperiums stammen, durch-
blicken, wie monoton der Dienst an diesen entlegenen Orten insbesondere im Winter sei.

Nun, sie hätten eine unverzichtbare Aufgabe zu erfüllen, tröstet
sie Alexander, sicherten sie doch den Schutz des römischen Reiches an seiner äußersten Grenze. Dank ihrer stehe Rom uner-
schüttert, sagt er, blinzelt mit den Augen und ist, wie es scheint,

nur mit knapper Mühe davon abzuhalten, den Soldaten kumpelhaft auf die Schulter zu klopfen. Die Götter mögen ihm seine kindliche Zuversicht erhalten.

*

Ich war erleichtert, als wir die grauenhafte Wildnis endlich hinter uns ließen. Wir waren wieder am Main. Hinter uns wucherte der Urwald, vor uns führte eine steinerne Brücke über den Fluss. Basalt blitzte bläulich im Sonnenlicht: Wir waren im Garnisonslager der IV. Vindelikischen Kohorte angekommen. Es war zugleich ein bedeutender Umschlagort, da von hier aus die Produkte der örtlichen Ziegelei verladen wurden, die dann auf Lastkähnen ihren Weg mit und gegen den Strom antraten.

Von hier aus durfte ich, auf einer gut ausgebauten Straße, die Reise wieder in der Sänfte fortsetzen. Mein Blick folgte einer lieblichen Flusslandschaft und den Treidelkolonnen, die die schweren Lastkähne stromaufwärts zogen. An jeder Station unterhielt sich der Kaiser interessiert mit den Garnisonen, und ich hielt getreulich alles auf meinen Tabletten fest.

Eine längere Rast war uns im Lager der I. Aquitanischen Reiterkohorte gegönnt, Sitz einer Zivilverwaltung und einer Benefiziarierstation. Mit seinen dem Jupiter Dolichenus, der Fortuna und dem Mithras geweihten Heiligtümern kam dem Ort schon eine gewisse Bedeutung zu.

Bemerkenswert waren die Thermen, die vom selben Quellwasser wie das benachbarte Nymphäum gespeist wurden. Der Kaiser erlaubte mir gnädig, an seiner Seite in die Wasserbecken einzutauchen, und ich war so huldvoll, den jungen Hippolytos ebenfalls zu Badefreuden einzuladen. Genüsslich im *Caldarium* planschend, machte ich mich noch kleiner, als ich ohnehin bin, um den Imperator nicht mit Wasser zu bespritzen. Üppiger Dampf wallte um die Wandfriese, die Tritonen und Delphine darstellten, und aus satyrköpfigen Bronzespeiern sprudelte es zusätzlich in die Becken.

Nach dem *Frigidarium* wollte Alexander ins Schwitzbad, in Erwartung einer wohltuenden Massage winkte ich Silenus. Derweil machte Hippolytos, dessen sehniger, gut gebauter Körper selbst männlichen Augen einen wohlgefälligen Anblick bot, Turnübungen.

In dem Moment trat Alexanders persönlicher Adjutant Vulpius Secundus an ihn heran und flüsterte ihm etwas zu. Alexander nickte mit ernstem Gesicht. Es stürmte eine Gruppe von vier Uniformierten herein, ihr Wortführer, ein verschwitzter, aufgeregter junger Mann, wandte sich ohne Umschweife an den Kaiser:

„*Salve, Auguste.* Ich bin der *Tessarius* Gaius Marullus Agritius von der IV. Aquitanischen Reiterkohorte. Ich bringe schlimme Nachricht aus Nemaninga, *Domine.*"

„Rede", sagte Alexander, dem ein Sklave ein Badetuch um die Schultern warf.

Der aufgeregte *Tessarius* fuhr fort mit seiner Hiobsbotschaft. Abgehackt, als stehe er noch unter Schock, sprudelte er hervor: „Ausschreitungen, schrecklicher, als du sie dir vorstellen kannst."

Wir alle standen erstarrt. Alexander fuhr den jungen Unteroffizier an: „So rede endlich! Was ist geschehen?"

„Die … Mithrasanhänger haben eine Orgie der Verwüstung angerichtet. Sie haben den … Benefiziarier und ein paar seiner Leute umgebracht, den Weihebezirk geschändet, Gebäude angezündet, die Heiligtümer beschädigt ... Nemaninga ist ein Trümmerhaufen, *Domine.*"

Bleich geworden, ließ sich der Kaiser von seinem Sklaven Romulus seine Kleider geben. Silenus starrte mich entgeistert an. Ich stieß ihn ungeduldig zurück und arbeitete mich in meine Tunika.

Alexander stand bereits in seiner Rüstung. Mit fast unhörbarer Stimme flüsterte er: „Wie konnte das geschehen?"

„Es ist ... uns allen unverständlich, *Auguste.* Sie schrien dauernd Blut und Rache, liefen durch den Ort und hauten alles nieder, was ihnen in den Weg kam. Aber ... man konnte sie überwältigen und in Eisen legen."

„Genug", sagte Alexander und hob gebietend seine Rechte. „*Optiones, centuriones, decuriones,* macht eure Leute marschbereit. Wir brechen auf der Stelle nach Nemaninga auf."

*

Die Sonne sank bereits tiefer auf die bewaldeten Höhenzüge, als wir uns Nemaninga näherten. Eine riesige Rauchwolke hing über der Ansiedlung, Schnee- und Brandgeruch lag in der Luft. Wir ließen den am Main liegenden *Vicus* mit seinen länglichen Streifenhäusern unbeachtet und ritten durch das linksseitige Haupttor in das Kastell ein. Hier herrschte große Aufregung, doch als sie den Kaiser erblickten, stellten sich die Soldaten zu der ihm zukommenden Ehrbezeugung auf.

Den von seinem Bukephalos absteigenden Imperatoren begrüßte leicht kurzatmig der sichtlich mitgenommene Präfekt der IV. Aquitanischen Reiterkohorte, Mucius Opiacus. „*Ave, Auguste.* Wir sind dir unendlich dankbar, dass du so schnell herbeigeeilt bist, um nach dem Rechten zu sehen."

„Versteht sich von selbst", murmelte Alexander. „Am besten, du zeigst mir das Ausmaß des Schadens."

„Ihr Zorn richtete sich an erster Stelle gegen Aulus Propritianus, den *beneficiarius consularis*. Ihn traf als Ersten die Schärfe ihrer Axt, dann folgte weitere seiner Soldaten und Diener. Wir ..." Dem Präfekt ging der Atem aus, dann nahm er einen hastigen neuen Anlauf und stammelte: „Wir im Kastell merkten zuerst nichts ... Als wir dann herbeieilten, waren sie dabei, mit Seilen die Jupitersäule umzustürzen. Wir konnten sie nach kurzem Handgemenge bezwingen, dabei sind aber noch mehrere meiner ... und ihrer Leute gefallen."

Streng ruhten die großen Augen des Kaisers auf dem überforderten Garnisonskommandanten. „Was hatten sie gegen den Benefiziarier?"

„Nun ja ... er wollte ihnen auf die Finger sehen ... Ihnen Vorschriften machen, ihr Heiligtum inspizieren ..."

„Nun, dazu hatte er ja die Befugnis. Was ist mit den Verbrechern geschehen?"

„Sie sitzen im Lagergefängnis. Wenn du sie sehen willst ..."

„Später. Wo sind die Opfer des Aufstands?"

„In der *Principia*. Wenn du dich dorthin bemühen willst, erlauchter Caesar ..."

Ohne ein weiteres Wort drehte Alexander sich um und stapfte mit weit ausholenden Schritten auf das Stabsgebäude zu. Nach Durchquerung des umsäulten Innenhofs traten wir in die dahinter liegende halbrunde Apsis, die das Fahnenheiligtum mit den vor der Kaiserbüste aufragenden Militärstandarten beherbergte.

Hier hatte man die von den Berserkern Niedergemetzelten gebettet. In der Mitte des Raums lag, auf einer blumengeschmückten Bahre und in voller scharlachroter Montur, der ermordete Benefiziarier. An seiner Stirn klaffte eine verkrustete Schnittwunde, die Lippen, die ein rötlicher Bart umkräuselte, waren fest aufeinander gepresst, und in seine rechte Hand hatte man ihm seinen Amtsstab mit dem Anzeichen seiner Gewalt, einem herzförmigen metallenen *signum*, gedrückt. Es war, als verteidigte der Unglückliche noch im Tod eine Macht, die ihm verabscheuungswürdige Kriminelle streitig gemacht hatten.

Wir standen betroffen, und erst nach einer Minute des Schweigens waren wir soweit, dass wir unsere Aufmerksamkeit den anderen Bahren zuwenden konnten. Dort lagen Uniformierte und

Zivilisten und sogar zwei Frauen, davon eine kaum Zwanzigjährige, die einen Arm um ein sich an sie schmiegendes kleines Mädchen hielt.

„Frauen, Kinder?", entfuhr es Alexander. „Ja, schreckten diese Menschen denn vor gar nichts zurück?"

Der Präfekt stammelte: „Sie waren in einem solchen Blutrausch, dass sie nicht merkten, wen ihre Beile und Knüppel trafen."

„Sie kamen also aus ihrem Heiligtum gestürzt und hauten wahllos alles nieder, was sich ihnen in den Weg stellte?"

„So ist es, *Domine.*" Opiacus schüttelte sein betrübtes, graumeliertes Haupt. „ Die Verwundeten haben wir sofort ins Lazarett gebracht. Etwa ein Dutzend, Soldaten, Kaufleute, Handwerker, Sklaven."

„Führe mich hin", befahl Alexander. Im Militärlazarett, wo Ärzte und Sanitäter die Verletzten versorgten, schritt er die Betten ab und unterhielt sich mit jedem Einzelnen der dort Liegenden. Er fragte nach Namen und Stand, sprach warmherziges Lob aus und stellte hohe Belohnung in Aussicht. Er war bereits wieder in der Tür, als er sich plötzlich an die Stirn fasste. *„Auguste!"* Ich eilte vor, ihn zu stützen und starrte ihm besorgt in das von Staub und Ruß beschmutzte Gesicht. Einen Augenblick schoss mir wie ein Streiflicht die Erinnerung an den kleinen Jungen durch den Kopf, dessen Lektionen ich beaufsichtigte, den ich vor der Strenge der Mutter, der Wollust Elagabals und den Nachstellungen imperialer Meuchelmörder in Schutz nahm. „Stärke dich erst einmal, *Sewaste*. Und wenn du dich einen Augenblick ausruhen willst ...“

„Dazu ist keine Zeit.“ Er setzte den Becher an, den ihm Silenus reichte, und leerte ihn in hastigen Zügen. „Was sind das für Menschen? Verstehst du das, Encolpius?“

„Hoher Herr, wir sind alle ratlos, wie vor den Kopf geschlagen.“

„Ja, aber damit kommen wir nicht weiter. Lasst uns einen Blick auf die Brandstelle werfen.“

Der Amtssitz des Benefiziariers, der außerhalb des Garnisonsgeländes lag, brannte noch immer lichterloh. Hohe Flammen schlugen aus Fenster und Türöffnungen, und durch das in sich zusammengebrochene Ziegeldach loderte es in unheilvollem, unstillbarem Zorn. Gegen diese Wut schienen die Löscheimer und Wasserspritzen der Garnisonsfeuerwehr machtlos, auf wenn sie unausgesetzt im Einsatz standen.

Alexander blinzelte in die umherwirbelnden Aschepartikel. „Sind noch weitere Gebäude betroffen?“

„Nein, alle weiteren Brandherde vermochten wir einzudämmen.“

„Wofür ich euch nur loben kann." Alexander trat zu einem der Feuerwehrmänner, einem halben Kind noch, über dessen Arm hässliche rote Brandwunden verliefen und der dennoch unbeirrt den Wasserstrahl auf die Flammen richtete, während ein kaum älterer Kamerad die Pumpe bediente. Der Kaiser sagte: „Genug für heute, mein Junge. Lass dich ablösen und geh ins Lazarett."

Der Junge gehorchte, Alexander wandte sich wieder an den Präfekten. „Lucius Opiacus …"

„Mucius Opiacus", stotterte der Präfekt dümmlich.

„Mucius Opiacus, wie erklärt sich die Wut der Verbrecher auf den Stellvertreter der kaiserlichen Macht, den dir zur Seite gestellten konsularischen Benefiziarier?"

„Vielleicht war er zu diensteifrig", druckste Opiacus herum. „Hat sich in alles eingemischt. Auch Dinge, die ihn nichts angingen, administrative, religiöse, militärische Angelegenheiten."

„Ach so." Alexander warf dem mürrisch dreinschauenden Kommandanten einen kurzen Blick zu. Hier kam offensichtlich die nur allzu bekannte Rivalität zwischen Militärgewalt und Sicherheitsbehörde ins Spiel. „Wie lange hat er denn hier gedient?"

„Nun, sein halbes Jahr war beinahe um. Im Januar hätte er seinen Weihestein aufstellen können … wenn diese Praxis nicht längst aus der Mode gekommen wäre. Übrigens, nachdem sie das Haus in Brand gesteckt hatten, hatten sie auch noch Zeit, im Weihebezirk zu wüten, *Domine*."

„Das sehen wir uns am besten an."

Geduckt wegen der hinter uns wogenden Flammensäulen begaben wir uns in den Weihebezirk, der hinter dem Stationsgebäude lag. Hier pflegten bis noch vor kurzer Zeit die konsularischen Benefiziarier einen Altarstein aufstellen zu lassen, als Dank an die Götter, dass ihr nicht immer ungefährliches Mandat zu einem glücklichen Ende gekommen war.

Wie der Präfekt leicht geringschätzig bemerkt hatte, würdigte man den altehrwürdigen Brauch immer weniger. Ob sich diese Nachlässigkeit wohl in Form der jetzt stattgefundenen Ausschreitungen rächte?

Wie auch immer, wir überflogen mit ernsten Blicken die aneinandergereihten Weihesteine. Die meisten standen aufrecht und reckten unbeeindruckt-trotzig ihre roten Inschriften unter schwungvoll verzierten Buntsandsteingiebeln hervor. Etwa ein Dutzend der Steine war aber umgestürzt. Trübsinnig und irgendwie anklagend lagen sie im Gras, mit den Votumsbuchstaben nach unten.

Der Präfekt glaubte, etwas sagen zu müssen. Sich die Nase reibend, schnüffelte er. „Traurig, nicht wahr? Und nicht auszudenken, was noch alles hätte passieren können, wenn wir nicht so prompt eingeschritten wären."

„Vielleicht gäbe es dann kein Nemaninga mehr", sagte der hinter ihm stehende *Centurio*.

Alexander runzelte die Stirn und presste die Lippen aufeinander. „Jupiter war stärker als Mithras. Ihm haben wir zu danken. Aber das Strafgericht wird nicht ausbleiben."

„Natürlich", sagte Opiacus rasch, „werden wir die Schäden so schnell wie möglich beheben. Ich nehme an, *Auguste*, es ist dein Wunsch, dass die Jupitersäule und die Weihesteine wieder aufgerichtet werden?"

„Tut, was ihr wollt", sagte Alexander beinahe zornig, „ Ich hab jetzt anderes zu tun. Führt mich zum Mithrasheiligtum."

*

Den Brand im Rücken, folgten wir der Straße zum *Vicus*, die mythologische Säulen und Stelen umstanden. Auf halbem Weg stießen wir auf die Trümmer der entweihten Jupitersäule. Der Sockel mit den Abbildungen von Juno, Minerva, Merkur und Herkules stand noch, auf der Erde aber lag der geborstene Schaft, den ein Schuppenpanzer aus stilisierten Eichenblättern einhüllte (manche sagen auch, es seien Pinienzapfen, die die Ewigkeit symbolisieren). Auch der das Kapitell krönende Reiter stürmte nicht mehr himmelwärts, sondern hielt nur noch hilflos zu Boden gestürzt sein dreispeichiges Rad und sein Blitzebündel in den Armen.

Der Kaiser wandte sich ohne ein weiteres Wort von dem traurigen Anblick ab. Beklommen stiegen wir die abgetretenen Stufen zum Mithräum hinab. Es roch nach Schimmel und nach Blut. Unter dem Gewölbe verliefen links und rechts längs der Wände steinerne Bänke, die allein den wenigen Anhängern des Kultes vorbehalten waren. Flackerndes Fackellicht fiel auf frisch vergossenes Tieropferblut, das in einer Pfütze am Boden schimmerte, und hob vor allem plastisch das Kultbild am Ende der Höhle hervor. Sonne und Mond zu Häupten, zu beiden Seiten die göttlichen Fackelträger Cautes und Cautopates, kniete Mithras auf dem Stier, dem er seinen Dolch in die Seite stieß. Ein bestirnter Mantel umwehte den Gott, der eine phrygische Mütze trug, unter ihm tranken ein Hund und eine Schlange das Blut, und ein Skorpion kniff in die Hoden des Stiers.

Alexander starrte lange auf das Bild. Dann murmelte er: „Was ist so Furchtbares daran, dass es die Gläubigen dazu hinreißt, unschuldige Menschen abzuschlachten?"

„Ich wundere mich auch", pflichtete der beflissene Präfekt bei. „Im Allgemeinen sind die Mithrasverehrer doch nicht für ihre Blutrünstigkeit bekannt. Es sind vielmehr die Anhänger der Kybele, denen man Gewalttätigkeit nachsagt."

„Einen Grund wird es geben, und ich werde ihn herausfinden", sagte der Kaiser und drehte sich um.

Ich war heilfroh, der bedrückenden Finsternis des Mithräums entronnen zu sein, und wankte benommen die unebenen Stufen ans Abendlicht zurück. Im Gefängnis war es allerdings nicht viel angenehmer. Auch hier brannten Fackeln und beleuchteten die hageren Gesichter der Missetäter, die angekettet im Stroh lagen. Ihr Anführer, der priesterliche Funktionen ausgeübt hatte, war niedergehauen worden, und so wandte sich der Kaiser an einen Kahlköpfigen, den ihn die Wachsoldaten als einen der Hauptverantwortlichen des Massakers nannten. Symmachos Atticus, ein griechischer Keramikhändler. Mit hartem Tonfall redete ihn Alexander an: „Was ist das für ein Gott, der euch befiehlt, unschuldiges Blut zu vergießen und sakrale Gegenstände zu schänden?"

Der Kahlköpfige schürzte verächtlich die Lippen und entgegnete ohne das geringste Zeichen von Respektbezeugung: „Die Wintersonnenwende steht bevor, und so wollten wir dem göttlichen Herold den Weg bereiten."

„Der göttliche Herold?"

„Ja", fuhr der Kahlköpfige mit kaltem Blick fort, „in wenigen Wochen entfaltet Mithras seinen Sternenmantel und steigt empor, um als *Sol invictus* seine angestammte Himmelsphäre zurückzuerobern."

„Mit Blut?"

„Blut ist ein Allesreiniger. Es schwemmt allen Unrat hinweg und besprengt den Pfad des göttlichen Lichts mit seinem Rosenduft."

Von Opiacus kam unflätiges Grunzen, Alexander, in der Mitte des Raums stehend, hatte seine großen Augen auf den Kahlkopf gerichtet. Ich seufzte und trat von einem Bein auf das andere. Diese Kälte und dieser Gestank ...

Der Kahlköpfige hatte sich ohne ein weiteres Wort abgewandt und drückte sich, als wären wir nicht da, unwirsch ins Stroh. Der Kaiser hob seine Stimme: „Dann sagt mir, was hatte euch der Benefiziarier getan, dass ihr so übel mit ihm verfuhrt?"

Auf seine fragenden Blicke hin bequemte sich einer der Kriminellen, ein Legionär der untersten Dienstgrade, zu einer Antwort: „Er hat überall herumgeschnüffelt. Hat sich beschwert, dass bei uns die Opfertiere schreien und es überall nach Blut riecht. Dabei ist das in einem Tempel doch ganz natürlich."

„Natürlich", wiederholte Alexander beinahe tonlos.

„Dauernd hat er uns Vorschriften gemacht", fuhr der Soldat fort. „Hat uns ausgefragt, um etwas über unsere Kulthandlungen zu erfahren. Aber die sind nur für Eingeweihte. Und es ist uns strengstens untersagt, einem Außenstehenden etwas davon zu verraten."

„Das will ich auch gar nicht wissen", sagte Alexander barsch. „Aber ich sehe, dass ihr keinerlei Reue empfindet, dass ihr Frauen und Kinder niedergemetzelt habt."

Eine Stimme kam aus dem Dunkel, rau und bestimmt: „Irregeleitete, die falsche Götter anbeteten, anstatt sich dem Licht zuzuwenden. Sie haben für ihre Sünden gebüßt."

„Und ihr werdet für eure büßen, mit der Höchststrafe, die das Gesetz vorsieht." Mit flammenden Augen wandte sich der Kaiser an den Mann, der ihn angesprochen hatte. Ein zäh und verbissen aussehender Kleinwüchsiger mit dunklem Bart und dunkler Gesichtsfarbe. „Du, wie heißt du, und was ist dein Gewerbe?"

Der Dunkelhäutige antwortete gelassen: „Ich bin Sauma und diene allein der unbesiegbaren Sonne."

„Perser?"

„Baktrier. Es steht dir nicht zu, uns zu verurteilen, Caesar. Der Benefiziarier hatte seine Befugnisse überschritten, und wir haben ihn dafür bestraft. So wie wir all die gerichtet haben, die ein sündhaftes und gotteslästerliches Leben führen. Sie werden im Reich des Hades und der Persephone dafür büßen."

„Und ihr kommt ohne Weiteres in die elysischen Gefilde, wie? Aber vorher, das schwöre ich euch, werdet ihr größere Qualen erdulden, als ihr sie euren Opfern zugefügt habt." Der Kaiser schüttelte angewidert den Kopf. „Gibt es etwas Schlimmeres als religiösen Fanatismus und religiöse Intoleranz?"

„Kein Römer hätte sich zu einem solchen Frevel hinreißen lassen. Zu sowas sind nur Asiaten fähig", murmelte ich und vergaß dabei, dass Severus Alexander aus Syrien und ich selbst vom Bosporus kam. Präfekt Mucius Opiacus fügte beflissen hinzu: „Was für Schandbuben! Man sollte ihr Heiligtum dem Erdboden gleichmachen."

„Das dürfte sich nicht einmal Roms Kaiser herausnehmen", sagte Alexander, fröstelnd seinen Mantel fester um die Schultern ziehend. „Verlassen wir diesen unseligen Ort. Morgen soll die Bestattung ... und die Hinrichtung stattfinden."

„Morgen schon?", fragte Opiacus dümmlich.

„Ja, morgen. Und jetzt lasst uns gehen."

Draußen war die Dunkelheit eingebrochen, nur erhellt von dem rötlichen Schein, der vom brennenden Stationsgebäude kam. Ich sah, dass der Imperator sich kaum noch auf den Beinen halten konnte. „*Kyrie*, du musst etwas essen. Und dich ausruhen."

„Glaubst du, ich könnte an so seinem Tag an Schlaf oder Essen denken? Aber du hast Recht. Wir müssen gerüstet sein, um einen Schlussstrich unter all diese traurigen Ereignisse ziehen zu können."

*

Bleiern lastete der Himmel über der Stätte des Unheils. Nemaninga beweinte seine toten Kinder. Die lagen auf Scheiterhaufen, in ihrer Mitte der *beneficiarus consularis* Aulus Propritianus. Er trug noch immer seine rote Galauniform, den Amtsstab hatte man ihm abgenommen, in Erwartung seines demnächst zu ernennenden Nachfolgers.

Schnee fiel hernieder, der in Pfützen am Boden verlief. Dem Totenfest tat dies keinen Abbruch. Die gesamte Garnison hatte sich eingefunden, unter dem Kommando des um feierliche Würde bemühten Mucius Opiacus. Hinter den Lanzen und Schilden scharte sich, mit düstern Mienen, die Zivilbevölkerung.

Begleitet von Flötenweisen stimmten die Klageweiber, die *praeficiae*, ihre melancholischen Gesänge an. Da trat Marcus Aurelius Severus Alexander Augustus aus dem mit Zypressenzweigen behangenen Stabsgebäude, in dem er die Nacht verbracht hatte. Als *Pontifex maximus* trug er eine schneeweiße Toga mit Purpursaum, deren Zipfel er sich über den Kopf gezogen hatte.

Alle Blicke richteten sich erwartungsvoll auf den Imperator. Der sah von einer Leichenrede ab, weil er in seiner Erschütterung dazu wohl nicht imstande war. Er trat gleich zu den Scheiterhaufen. Jedem der Toten legte er zwei Aureus-Goldmünzen auf die Augenlider, zur Entlohnung des Charon, der die Verstorbenen mit seiner Fähre über den Styx ins Reich des Pluto bringt. Wenn es um Dinge des Glaubens geht, ist Alexander nie kleinlich gewesen.

Bei der jungen Frau mit dem Kind im Arm zögerte er einen Moment. Ich befürchtete schon, er würde vor aller Augen in Tränen ausbrechen. Aber er fasste sich, streichelte kurz das schneefeuchte Haar des kleinen Mädchens und drückte ihm dann die Münzen auf die Lider.

Die Priester der Totengöttin Libitina hoben ihre Fackeln. Von einem plötzlich aufkommenden Wind erfasst, stoben die Schneeflocken wie ein Schwarm aufgeschreckter Motten auseinander. Alles hielt den Atem an. Selbst die Steinmetzen, die in ihren Werkstätten eifrig die Grabsteine skulptierten, ließen ihre Meißel sinken. Nur aus der Ferne, vom Main her, waren Axt- und Hammerschläge zu hören. Dort war man dabei, die Kreuze aufzurichten.

Alexander ließ sich nicht darin stören, pflichtgemäß das Beisetzungsritual zu Ende zu bringen. Er stand jetzt am tragbaren Altar, vor dem ein Opferstein aufgerichtet war. Ein Gebet murmelnd, streute der Kaiser Weihrauchkörner in das Opferfeuer. Danach übergoss er den Altar mit Wein aus einem Kristallkrug. Die Flamme zischelte, wand sich und erlosch. Alexander trat zurück, da man das mit Bändern geschmückte Opferlamm herbeizerrte. Es wurde von geübten Händen auf den Stein gelegt, und schon hatten ein rascher Schnitt mit dem Messer und ein nicht weniger fachgerechter Beilhieb es am Hals und an der Brust getroffen.

Während das Lamm sich wimmernd aufbäumte, schoss eine Blutfontäne hoch. Alexander zuckte zusammen, wich aber nicht. Entsetzt starrte die Menge zu seiner weißen Toga, auf der grelles Rot leuchtete. Ein Stöhnen stieg hoch, und ich fühlte mich von eisigem Schrecken durchdrungen. Musste zu allem Unheil auch noch dieses böse Omen hinzukommen?

Alexanders versteinertes Gesicht zeigte keine Regung. Priester eilten mit Wasserkannen und Griffschalen herbei, um den besudelten Kaiser vom Blut zu reinigen. Er aber zog die Toga fester um sein Haupt und schritt dann unvermittelt ins Amtsgebäude zurück, nachdem er zuvor, ohne ein Wort, dem Oberpriester der Totengötter ein knappes Zeichen mit dem Kopf gegeben hatte.

Die Klageweiber sangen im Chor, die Flöten meditierten, und über die Scheiterhaufen schlängelten die Flammen empor. Wegen des feuchten Wetters dauerte es lange, bis die Holzscheite, die mit aromatischen Essenzen getränkt waren, und die darauf liegenden Toten halbwegs eingeäschert waren.

Während übelriechende Rauchfahnen unter dem Aufprall der Windstöße hochstiegen und sich die Menschen hinter den Legionärsschilden duckten, kamen düstere Töne aus Hörnern und Trompeten. Hippolytos winkte mich ins Innere der *Principia*. Dort fand ich Severus Alexander gewaschen und in seiner kaiserlichen

Uniform. „Mach dich bereit", befahl er mir knapp, beinahe ungehalten. „Wir marschieren sofort weiter."

Eine halbe Stunde später verließ unser Trupp Nemaninga. Die IV. Kohorte verabschiedete uns mit emporgehaltenen Schwertern und Speeren, während Mucius Opiacus gewichtig seinen Arm in die Höhe reckte. Alexander hatte ihn angewiesen, die Toten so schnell wie möglich in der Nekropole vor der Ortschaft zu bestatten. Dem *cornicularius praefecti* hatte er die genauen Summen angegeben, die für die Reparaturen und die Hinterbliebenen der Opfer bestimmt waren. Zum Wiederaufbau selbst gab er keine Instruktionen. Möglicherweise dachte er, Nemaninga sei ein von den Göttern verfluchter Ort, den man sich selbst überlassen sollte.

So zogen wir aus Nemaninga, vorbei an den schwelenden Ruinen der Benefiziarierstation, die uns ihren Pesthauch nachsandten, vorbei an den Kreuzen, an denen die bis zuletzt verstockten Mithrasjünger ihr stummes Leiden herausschrieen.

Dritter Teil

„Was haben wir falsch gemacht? Wir errichten Wälle gegen die Barbarei, aber überall breitet sich die Barbarei aus. Meine Soldaten gehorchen mir nicht, Fanatiker zerstören unsere Heiligtümer und bringen die Vertreter der kaiserlichen Gewalt um. Ein Kräuterweib verflucht mich, meine Mutter nennt mich eine rückgratlose Memme. Geht das römische Reich zugrunde? Und trage ich die Schuld daran?"

Den Kopf tief geneigt, saß Alexander auf einem Schemel. Pathetisch hingen seine langen Arme zwischen seinen spitzen Knien herab. Ich bemühte mich, wie es meine Pflicht wir, ihm Zuversicht zuzureden: „Rom steht seit tausend Jahren, das Imperium seit dreihundert. Vielleicht durchläuft es eine temporäre Krise. Aber warum solltest du schuld daran sein? Keiner war seit Augustus tugendhafter, keiner seit Titus milder. Wenn Imperatoren eine Krise herbeigeführt haben, dann waren es Schurken wie Nero, Commodus oder Elagabal. Aber doch nicht du, *Kyrie*, doch nicht du."

Er sah mich aus verquälten Augenschlitzen an. „Ist es Milde, was das Reich braucht? Schreit es nicht vielmehr nach hartem Durchgreifen?"

„Das Volk liebt dich, *Sewaste*. Denk daran, wie es dich auf dem Kapitol umjubelte, wie dich Hunderte von Menschen vor die Tore Roms hinausbegleiteten."

„Sie begleiteten keinen Achilles, sondern einen angeschlagenen Patroklus ... einen Aeneas, der fluchtartig die brennende Stadt hinter sich ließ."

„Herr, du siehst zu schwarz. Was du in Nemaninga erlebtest, war ein Einzelfall. Die Verantwortlichen wurden zur Verantwortung gezogen, der Schaden ist behoben. Es wird keine Konsequenzen haben."

„Ach, du willst mich nur trösten." Plötzlich erhob sich Alexander und stieß die Tür der *Principia* auf, die uns für die Nacht aufgenommen hatte. Herdfeuer brannten um die militärischen und zivilen Behausungen. Das Lagertor stand auf, um eine Ochsenfuhre mit Weinfässern passieren zu lassen.

Unser Blick ging durch die Säulen des Stabsgebäudes bis zum *Vicus*, wo die Vorratshäuser und die Werkstätten der Töpfer, Schmiede und Steinmetzen wie auf Stelzen in die Nacht hinauszuschreiten schienen.

Alexander hob seine Arme hoch, ließ sie kreisen und verschränkte dann die Hände im Nacken. „Das tut gut. Wie weich die Luft ist, trotz der Kälte."

„Du bist erhitzt. Komm lieber herein, sonst erkältest du dich noch."

„Du bist nicht meine Mutter, Encolpius", wies mich Alexander sanft zurecht. „Aber ich danke dir für deine Fürsorge. Sie tut gut."

„Wenn du willst, kann Silenus dir eine Massage machen. Und trink eine Honigmilch. Danach wirst du besser schlafen können."

Alexander stand noch immer im dünnen Hemd in der Tür, atmete in tiefen Zügen die Abendluft ein und starrte hinaus. „Siehst du, Encolpius, für all diese Menschen trage ich die Verantwortung. Für Soldaten, Zivilisten, Bauern, Händler, Römer, Kelten und Germanen. Rom hat sie unter seine Fittiche genommen und schenkt ihnen seinen Frieden."

„Ob sie wollen oder nicht", konnte ich mich nicht enthalten, hinzuzufügen.

„Was knurrst du alter Brummbär vor dich hin? Ja, es stimmt, wir haben uns genommen, was in unserer Reichweite lag. Aber wir lassen alle daran teilhaben, auch diejenigen, die außerhalb unserer Grenzen wohnen. Sofern sie in Frieden mit uns leben wollen."

„Frieden, das ist so eine Sache. So friedfertig sind sie wohl nicht, die Barbaren, die sehen, wie gut es uns geht, und gierig ihre Hände ausstrecken, um ein Stück vom Wohlstand zu erlangen."

„Ist Wohlstand alles? Besitz das höchste aller Güter? Encolpius, haben wir nicht unsere Götter, unsere Kunst, unsere Literatur? Haben wir der Welt nicht ein unerschöpfliches Reservoir an geistigen Schätzen zu bieten?"

Ich gähnte und kratzte mich am Hinterkopf. „Dann kann man nur beten, dass Chatten, Goten und Alamannen auf den Geschmack von Homer und Hesiod kommen."

„Wir werden es ihnen beibringen. Vielleicht besteht darin meine Aufgabe. Die düsteren Vorzeichen ignorieren und damit das Verhängnis abwenden. Und, da wir von Hesiod sprachen, auch die düsteren Prophezeiungen unbelehrbarer Schwarzseher." Er zitierte aus dem Gedächtnis heraus: ‚Zurück wird bleiben der sterblichen Menschen düsterer Jammer, und Hilfe sich nirgends zeigen im Elend.' Nein, mein Freund ...." Er durchquerte den Raum mit beflügelten Schritten, und es war wieder Glanz in seinen Augen. „So weit sind wir noch nicht. Noch hat der Untergang eine Gnadenfrist. Dem Bronzenen Zeitalter wird nicht ein Eisernes, sondern ein neues Goldenes Zeitalter folgen."

Severus Alexander, Mogontiacum, Dezember 987

Die Zeit des Zögerns ist vorbei, jetzt gilt es zu handeln. Aber ich habe es fertiggebracht. Ich habe Encolpius hinuntergeschickt, um sie heraufzuholen. Nachdem ich alle hinausgeschickt hatte, ging ich unruhig auf und ab. Würde sie kommen? Und wenn ja, wie würde sie sich verhalten? Und wie würde ich mich verhalten?

Dann trat sie ein, Encolpius zog hinter ihr die Türe zu. Ich blieb wie angewurzelt stehen, sie tat ein paar Schritte in den riesigen leeren Saal hinein. Eine Reverenz hatte sie nicht gemacht, und sie zeigte auch sonst kein Anzeichen der Bewegung. Ungerührt maßen die in ihrem grünen Schimmer schier irritierenden Augen den Raum in seiner ganzen Länge und Breite. Ich räusperte mich und fragte: „Gefällt es dir?"

Da sie nicht antwortete, sondern ruhig stehen blieb, sagte ich: „Willst du mir zeigen, was du alles in deinem Korb hast?"

Sie hielt ihn mir unter die Nase. „Die Mohnbrötchen sind heute besonders gut. Vor zwei Stunden gebacken. Oder willst du lieber eine Rosinenschnecke? Die sind süßer."

„Aus so zarten Händen ist mir jedes Gebäck süß."

Sie machte eine ungehaltene Geste. „Du musst mir keine Komplimente machen."

„Tun das andere Männer denn zur Genüge?"

„Ich bin nur gekommen, um meine Ware zu verkaufen."

„Dann lass mich sie probieren." Ich nahm mir eine Rosinenschnecke und biss hinein. „Wunderbar. Wer ist dein Bäcker?"

„Sertorius aus meinem Heimatdorf. Er steht am Backofen, ich verkaufe die Ware."

„Es ist schön, dass du gekommen bist. Ich befürchtete schon, du würdest nicht wollen. Du hättest Angst vor mir."

„Warum sollte ich Angst vor dir haben? Du siehst nicht aus wie ein Menschenfresser. Auch wenn du der Kaiser bist."

„Nun ..." Ich knabberte die letzten Gebäckreste, während die Krümel über meine Toga rieselten. Dann wischte ich meine Finger an einer Serviette ab. Sie blickte mich die ganze Zeit seelenruhig an, und allmählich ging ihre Gelassenheit in mich über. „Ach, setz dich doch. Wie heißt du?"

„Boudica."

„Boudica? Das war der Name einer britischen Königin, die sich gegen die Römer auflehnte. Sie hat ihnen ganz schön zu schaffen gemacht."

„Ich weiß." Sie sank auf die *Kline* nieder. „Alles so prunkhaft hier. Und hier hockst du den ganzen Tag herum?"

Ich musste lächeln. „Wenn ich nicht arbeite oder bei meinen Soldaten bin. Ja, ich gebe zu, es ist nicht sehr gemütlich."

„Es ist scheußlich. Du tust mir leid."

„Ich tue dir leid?", staunte ich. „Also, das hat noch keiner zu mir gesagt."

„Glaub ich wohl. Aber allein in diesen kalten Räumen ..." Graziös schob sie sich eine Strähne ihres ambrafarbenen Haars aus der Stirn und sah mich von unten an. „Du musst sehr einsam sein."

Auch das hatte mir noch nie einer gesagt. Ich nahm spontan neben ihr auf der Liege Platz. Sie rückte nicht ab, sondern zog mit zerstreuten Fingern an ihrem Haar. Ich flüsterte: „Willst du etwas *Mulsum,* um dich aufzuwärmen? Den ganzen Tag in der Kälte, das muss ja furchtbar sein."

„Ich muss mein Brot – oder vielmehr meine Brötchen verdienen."

Mit unendlicher Behutsamkeit, um sie nicht zu brüskieren, nahm ich ihre Hände in meine. Aber brüskiert war sie nicht, vielmehr ließ sie wie selbstverständlich alles über sich ergehen. Während ich ihre Hände streichelte, sagte ich: „Sie sind wirklich kalt, deine Hände. Bitte, bleib und wärme dich. Du bist mein Gast, du kannst alles haben, was du willst."

„Alles?"

„Ein heißes Bad, ein Festmahl, ein Ballett, einen Hahnenkampf, eine eigene Bäckerei. Du brauchst es nur zu sagen."

„Was du für komische Dinge sagst." Ein verschmitztes Lächeln huschte über ihr Gesicht. „Aber ich will deine Güte nicht missbrauchen. Darf ich mir eine Weintraube nehmen?"

Während sie sich anmutig eine Traubenbeere nach der anderen in den Mund steckte, bestellte ich den *Mulsum*. Boudica schluckte. „Trauben im Winter, da kann man dich schon beneiden."

„Es gibt ja sowas wie Gewächshäuser."

Mit dem Begriff konnte sie nichts anfangen. Sie verzehrte mit gerunzelter Stirne die letzte Beere und sagte: „Willst du nicht auch noch ein Mohnbrötchen probieren? Sertorius ist ganz stolz darauf."

„Nein danke. Aber du kannst mir ruhig deinen ganzen Korb hier lassen."

„Nur den Inhalt."

„Natürlich. Du lässt mir all dein Gebäck hier. Und eine wunderschöne Erinnerung."

Sie glitt hoch und sah mich dabei fragend. „Die Erinnerung daran, dass du mir Gesellschaft geleistet hast. Dafür danke ich dir", sagte ich leise.

Sie stand auf. „Ich habe dir gerne Gesellschaft geleistet. Nicht nur, weil du es befahlst. Und nicht nur, weil du der Kaiser bist."

Encolpius, Mogontiacum, Dezember 987

Ich war etwas verwundert, dass sie bereits nach einer halben Stunde wieder herauskam. Ihr leerer Korb baumelte an ihrem Arm, aus ihrem Gesicht strahlte etwas, was ich nur als verinnerlichtes Leuchten bezeichnen kann. „Ich begleite dich nach draußen", sagte ich.

„Das ist nicht nötig. Ich kenne den Weg."

„Es ist mir lieber so. Und dem Kaiser auch."

Schweigend gingen wir die Treppe hinab, ich immer einen Schritt hinter ihr. Im Innenhof blieb sie bei der Vogelvoliere stehen. „Er liebt Tiere", sagte sie nachdenklich.

„Ja. Er ist ein netter Mensch, das wirst du schon noch feststellen."

„Hab ich bereits."

„Sieh dich vor dem Pfau vor, der ist hinterhältig."

„Mir macht nicht so schnell etwas Angst. Aber seltsam ist es schon. Denn sonst seid ihr Römer doch schlimmer als Tiere, wenn ihr Löwen und Bären haufenweise in euren Arenen abschlachtet."

Ich sagte nichts, sondern ging mit ihr die Stufen hinab, zum Forum hin. Das alte Kräuterweib hockte dort auf einem Mäuerchen und kaute an einer Brotrinde. Boudicas Rückkehr nahm sie ohne Kommentar hin. Boudica sagte: „Ich geh nach Haus. Ich hab ja nichts zu verkaufen mehr."

„Ja, du hast ein gutes Geschäft gemacht." Boudica enteilte leichtfüßig, ich starrte in den Korb der Alten. „Hast du was für die Verdauung? Ich habe einen empfindlichen Magen."

„Da ist nichts besser als ein Fenchelabsud. Aber ich habe keinen Fenchel hier. Wenn du willst, bringe ich dir morgen welchen mit."

„Gerne." Ich schaute auf meine Stiefelspitze. „Warum hast du dem Kaiser gesagt, er solle seinen Soldaten nicht trauen und er solle nicht auf Sieg hoffen?"

Sie verzog ihr Gesicht zu einer Schnute, die sie noch hässlicher machte. „Soldaten ist allgemein nicht zu trauen. Und wer kann sagen, ob ihm Sieg oder Niederlage beschieden ist? Das wissen allein die Nornen."

„Wer?"

„Die Schicksalsgöttinnen, die alles in ihren Händen halten." In dem Faltenwulst, der sie umgab, glommen ihre rötlichen Augen heimtückisch. „Du bist Sekretär des Kaisers und weißt nichts von germanischen Göttern?"

„Ich möchte es schon gerne wissen."

„Alles wissen und sich für etwas Besseres halten, wie? So wie Odin."

„Odin?"

„Odin, mein lieber Herr, ist der schlaueste aller Götter. Unablässig galoppiert er auf Sleipnir, seinem achtbeinigen Schlachtross, zwischen den Reichen der Asen, der Riesen, der Menschen und der Wanen hin und her, um ihnen ihre Geheimnisse zu entlocken. Hugin und Hunin, die beiden Raben, die ihm auf den Schultern sitzen, verraten ihm viel, aber nicht alles. Odin ist unersättlich. Er opferte ein Auge, um aus Mimir, der Quelle der Weisheit, trinken zu dürfen. Einäugig hing er neun Tage und neun Tage an Yggdrasil, von seinem eigenen Speer durchbohrt, sich selbst zum Opfer. Aber alle Kenntnisse hat er dadurch nicht gewonnen."

Faszinierend, was die alte Vettel da erzählte. Woran ihr kauziger Gott hing, war mir allerdings nicht ganz klar. Ich sagte: „Als wir auszogen, von deinem Fluch beladen, kamen wir an einem eurer Heiligtümer vorbei. Dort hingen Pferdeschädel an hohen Pfählen. Kannst du mir etwas darüber sagen?"

„Pferdeschädel sind Odin geweiht", sagte sie. „Ihm sind Pferde heilig."

„Das achtbeinige Schlachtross, ich weiß." Ich scharrte mit meinen Stiefeln auf den Pflastersteinen. „Wärst du bereit, mir dieses Heiligtum zu zeigen und zu erklären?" Und, ihr Zögern bemerkend, fügte ich hinzu: „Du kriegst fünf Denare dafür."

„Zehn. Und ich hoffe, dass wir nicht zu Fuß gehen müssen."

„Nein, sei unbesorgt. Hast du morgen Zeit?"

„Wenn du unbedingt willst. Ich bring dir den Fenchel mit, du wirst ihn brauchen. Aber eins kann ich dir jetzt schon sagen: Schlauer als Allvater Odin wirst du nicht."

Aelia Lepida, Odins Heiligtum, Dezember 987

„Yggdrasil ist die Esche, die die gesamte Schöpfung zusammen-
hält. Ihre Wurzeln gründen tief in allen neun Welten. Eine Wurzel reicht bis nach Asgard. Hier halten sich die drei Nornen auf,
die Yggdrasils Wurzel bewässern und am Leben erhalten. Eine
weitere Wurzel geht bis nach Niflheim, dem Totenreich. Hier
haust der grausige Drachen Niddhöggr. Unablässig knabbert er
an Yggdrasils Wurzel, um die Weltesche zu Fall zu bringen. An
ihren Sprossen nagen Hirsche und Ziegen. Yggdrasil bebt und
stöhnt, aber sie steht unerschütterlich. Es macht ihr auch nichts
aus, wenn Niddhöggr immer wieder das Eichhörnchen Ratatösk
in ihre Krone schickt, um den Adler und den Falken, die auf ihren
höchsten Zweigen sitzen, mit Beleidigungen zu überhäufen."

Gunnlöda plaudert munter drauf los. Aber Encolpius hat auch
fleißig Nusslikör in sie hineingeschüttet, aus dem hochmodernen
Alembicus des Statthalters. Widerlich, wie die Rattenäuglein der
Alten funkeln, wie ihr zwischen den Zahnstummeln Speicheltropfen auf das spitze Kinn träufeln. Rollen die Räder mal über
eine unebene Stelle, rutscht ihr ausgedörrter Leib, der nur aus

Haut und Knochen zu bestehen scheint, gegen mich, und voller Ekel ziehe ich mich in die hinterste Ecke der *Carruca* zurück.

Unverdrossen faselt das Weib mit seiner rostigen Stimme, während Encolpius ihr fasziniert zuhört: „Die dritte Wurzel dringt bis ins Reich der Riesen, Jötunheim, wo Mimirs Quelle der Weisheit entspringt. Hier hat der Gott Heimdall Gjallar versteckt, das glänzende Horn, mit dem er einst alle Lebewesen zum Ragnarök rufen wird."

„Ragnarök?", echot Encolpius.

Gunnlöda kichert. „Die Götterdämmerung, der Tag, an dem die Welt in Flammen aufgehen wird und alle Himmelsmächte und alle Sterblichen dem Untergang geweiht sind."

Wir schweigen, und ich drücke mich mit immer mulmiger werdenden Gefühlen in meinen Pelz. Was verspricht sich Encolpius von diesem Ausflug? Hat er nicht genug mit seiner Schreibarbeit zu tun, dass er auch noch die verqueren heidnischen Mythen in sich hineinfressen muss? Kaum vorstellbar, was diese Met saufenden Raufbolde sich alles ausgedacht haben! Kein Wunder, dass sie herumlaufen und im Wahn alles niederhauen, wie die Verehrer des Mithras, oder das Blut ihres eigenen Gottes trinken, wie die Christen.

Encolpius' wie in einem Flor schwimmenden Augen (so gerührt ist er, der alte Spinner) kehren zu mir zurück. „Ist dir kalt, meine Liebe? Willst du einen Schluck Likör?"

Um nichts in der Welt würde ich aus dem Krug trinken, an dem sich schon die lappigen Lippen der alten Hexe gelabt haben. „Nein danke", sage ich unwillig und ziehe meine Pelzfäustlinge höher.

„Wir sind auch gleich da", sagt Encolpius, und in der Tat lässt Alaricus die Stute vom Trab in den Trott verfallen.

Eine dichte Schneedecke hüllt das Gelände ein. Von den umliegenden Hügeln stechen Kiefern und Fichten in den wolkenverhangenen Himmel. Krähen kreisen über den geduckten Dächern des verlassenen Dorfes. Seit Jahrzehnten steht hier alles leer, und so klaffen riesige Löcher im Dachried, die Giebel der Häuser sacken kläglich nach unten, und hin und wieder ächzen windgeschüttelte Tür- oder Fensterklappen hin und her. Hinter den letzten Gebäuden scheint eine Steinmauer zu verlaufen, und hier stehen diese schrecklichen Pfähle und strecken ihre bleichen Pferdeschädel hervor.

„Kommst du mit, Aelia?", fragt Encolpius.

„Danke, ich will sowas nicht sehen. Ich bleibe im Wagen."

„Du wirst dir kalte Füße holen."

„Die hab ich sowieso. Geht ihr nur, ich mache inzwischen einen kleinen Spaziergang." Meine Blicke schweifen zu dem nächsten Wiesenstück, wo knorrige Apfelbäume stehen. „Ich denke, ich pflücke mir etwas Mistel."

Gunnlödas Augen blitzen. „Wenn du nicht willst, dass dich Thors Hammer zerschmettert, dann lass das lieber sein."

„Oh", sage ich unbeeindruckt, „vielleicht schlägt er etwas sanfter zu, wenn ich mir bloß Stechpalmen abschneide."

Mit einem behänden Sprung, den man ihr gar nicht zugetraut hätte, ist die Alte unten. „Dann komm, du wissbegieriger Bithynier. Aber nimm eine Fenchelwurzel mit, bei deinem schwachen Magen."

Er auf seinen emsigen, wenn auch etwas unsicheren Beinchen, sie mit ihrem holperigen Gang, verschwinden beide zwischen den Häuserruinen. Unmutig schaue ich ihnen nach. Dann rufe ich Alaricus zu: „Willst du nicht reinkommen? Ich habe Wildschweinwurst und Bergkäse."

„Danke, ich hab keinen Hunger. Und die Kälte bin ich gewöhnt."

Mit Pelzgamaschen, warmem Umhang und Pelzkappe sitzt Ala-

ricus in der Tat wie ein nordischer Wintertroll auf dem Kutschbock und zwirbelt seinen Knebelbart, der gelb wie überreifer Wei-
zen ist. Ich mache einen kleinen Streifzug durch das Gelände, aber
da ich bald knöcheltief im Schnee versinke, kehre ich nach kurzer
Zeit in die *Carruca* zurück. Ringsum singt der Frost, die Krähen
stoßen heisere Schreie aus, und so bin ich froh, nach einer guten
halben Stunde die beiden Odinsverehrer wiederzusehen. Encolpius sieht benommen aus, Gunnlöda sagt kein Wort. „War's interessant?", frage ich. Er nickt nur und vergräbt seine vom Frost ge-
rötete Nase in einer meiner Servietten. „Nach Hause, Alaricus",
rufe ich. Die Stute wiehert erleichtert, der Wagen ruckt an.
Schwerfällig arbeitet er sich von dem verschneiten Feldweg zur
Römerstraße, wo es zügiger vorangeht.

Nachdem wir uns mit Speis und Trank gestärkt haben, sitzen wir
schweigend. Von der Neugier geplagt, sage ich schließlich: „Etwas könntest du mir schon verraten. Und sei es nur als Dank dafür, dass ich mit dir in diese gottverlassene Wildnis gekommen
bin und mir den Hintern abfriere."

Er schaut noch immer sehr nachdenklich aus, wie jemand, der in
einen Abgrund geblickt hat und schaudernd feststellt, dass er un-
begreiflicherweise noch am Leben ist. Dann zieht er ein Stück des
Pelzes, der über unseren Knien liegt, zu sich und sagt langsam:

„Später vielleicht. Einstweilen ist besser, es bleibt tief in mir verschlossen. Weißt du, das ist ein bisschen so wie mit den Eleusischen Mysterien. Wer Einblick in sie gewonnen hat, darf es nicht weitersagen, sonst strafen ihn die Götter."

Ich muss an Thors Hammer denken oder den finsteren Odin, der an der Weltesche hängt, mit den beiden Raben auf seinen Schultern. Mit der Kälte steigt wachsendes Unbehagen in mir hoch. Ich rücke näher an Encolpius heran und schweige. Er wendet sich an die Alte: „Du wolltest mir von der Götterdämmerung erzählen, alte Frau."

„Nichts lieber als das", kichert die Vettel. „Gib mir noch etwas von dem Nusslikör, und dann sollst du alles erfahren."

*

„Es beginnt damit, dass Baldur, den Lichtgott, den sanftesten aller Götter und Odins Sohn, böse Träume quälen. Dies ist ein Vorzeichen seines Todes. - Besorgt geht Frigg, Baldurs Mutter, und bittet, alles was in den neun Welten lebt, einen Schwur zu tun, dass sie Baldur nichts Böses zufügen werden und somit seinen Tod verursachen könnten.

Alle leisten den Schwur, Menschen, Götter, Riesen, Zwerge, Pflanze und Tiere. Feuer, Wasser, Eisen, Erde und Steine leisten den Schwur. Nur eine Pflanze hat Frigg vergessen, weil sie so unscheinbar ist: die Mistel.

Das weiß Loki, der gerissene Widersacher der Götter. Er bringt Baldurs blinden Bruder Höd dazu, einen aus einem Mistelzweig bestehenden Pfeil auf seinen Bruder abzuschießen. Baldur stirbt, und die Götter sind über alle Maßen betrübt. Denn dies ist ein Vorzeichen ihres nahen Endes."

„Ich dachte, Götter sind unsterblich", werfe ich mit gespielter Naivität ein.

„Unsere nicht. Aber mehr noch als bei den Menschen berührt der Tod eines Einzelnen alle. Also sattelt Odin sein Streitross Sleipnir und schickt seinen Sohn Hermod in die Unterwelt, um Baldur zu den Lebenden zurückzuholen. Hermod beschwört Hel, die Herrin der Unterwelt, Baldur ziehen zu lassen. Zuerst unnachgiebig, willigt Hel schließlich ein. Sie will Baldur entlassen, wenn alle Wesen der neun Welten um Baldur weinen. Andernfalls muss er in Niflheim bleiben."

„Aha", entfährt es mir. Enclopius wirft mir einen irritierten Blick zu und dringt dann in Gunnlöda: „Bitte, fahr fort."

„Wieder geht Frigg umher und fleht alles an, was da ist, um ihren Sohn zu weinen. Menschen, Götter, Riesen, Zwergen, Pflanzen, Tiere und Gesteine vergießen bittere Tränen für den Lichtgott, selbst giftige Schlangen und giftige Kräuter, selbst die Pest und andere Krankheiten. Als sie meint, alle Wesen angesprochen zu haben, bemerkt Frigg eine Riesin, die in einer Höhle am Weg hockt. Sie fragt sie nach ihrem Namen und bittet sie, um ihren Sohn zu weinen.

Ich heiße Thokk, entgegnet die Riesin. Baldur gehe sie nichts an, sagt sie. Hel möge behalten, was sie hat.

„Das heißt, Baldur muss im Totenreich bleiben", sagt Enclopius. Er seufzt und wirft mir einen irgendwie leidenden Blick zu. Ich reagiere nicht, und Gunnlöda fährt fort: „Die Riesin ist natürlich Loki gewesen. Er hasst und beneidet die Asen und verfolgt sie mit Schmähungen und Schimpfreden. Bis die Asen die Nase voll haben und ihn überwältigen. Sie fangen Loki, der die Gestalt eines Lachses angenommen hat. Sie schleppen ihn in eine Höhle und binden ihn dort fest. Über ihm lauert eine Schlange, die ätzende Gifttropfen auf Lokis Gesicht fallen lässt. Sigyn, Lokis Frau, hält ihm eine Holzschüssel über, um die Tropfen aufzufangen. Ist die Schüssel aber voll, muss sie sich einen Augenblick entfernen, um sie zu entleeren. Das Gift trifft Loki, und er windet und krümmt sich vor Schmerz, und mit ihm windet und krümmt sich die gesamte Erde. – Dies ist ein Vorzeichen des nahen Endes."

„Das sicher bald kommen wird", murmele ich. Gunnlöda, das Ganze sichtlich genießend, hebt ihr heisere Stimme zu einem schrillen Krächzen: „Windszeit, Wolfszeit. Die Menschen zerfleischen sich in erbitterten Kriegen, Väter töten Söhne, Mütter schlafen mit Söhnen, Brüder liegen bei Schwestern. Drei grimmige Winter wüten ohne Sommer dazwischen. Die Berge zittern, die Sterne schwinden vom Angesicht des Himmels. Die Wolfsbrüder Sköll und Hati verschlingen die Sonne und den Mond, die sie von Anbeginn der Zeiten am Himmel verfolgt haben."

„Erschreckend", flüstert Encolpius fasziniert. Vom Kutschbock ist das entsetzte Wiehern der Stute zu hören, die Räder rattern wie verrückt und die alte Hexe steigert sich in immer glühendere Begeisterung. „Die Hähne Fjalar und Gullinkami krähen die Riesen aus Jötunheim, die Krieger aus Walhalla und die Toten aus Niflheim herbei zum Gefecht. Heimdall stößt in sein Horn, dass es in allen neun Welten zu hören ist. Von Norden naht Naglfar, das Schiff, das aus den Fingernägeln toter Männer gemacht ist. Von Süden stürmt das feurige Schiff des Surt heran, spaltet den Himmel und setzt alles in Brand. Die Höllenhunde Garm und Fenrir sprengen mit Augen vor, die Feuer und Geifer sprühen, an ihrer Seite wälzt sich ihre Schwester, die Schlange Jörmungandr, die sich aus dem Ozean windet und die gesamte Schöpfung mit ihrem Gift bespeit. Alles, was noch am Leben ist, versammelt sich auf der Ebene Vigrid, die sich einhundertundzwanzig Meilen in jeder Richtung erstreckt, zur großen, entscheidenden Kampf. Es wird keiner entkommen."

„Wir hören", sagt Encolpius. Gunnlöda, der beinahe die Stimme versagt, krächzt: „Keiner wird entkommen. Freyr ringt mit dem Feuerriesen Surt und wird vom Höllenhund Garm totgebissen. Loki, der sich von seinen Fesseln losgerissen hat, und Heimdall bringen sich gegenseitig um. Thor bezwingt Jörmungandr und sinkt dann leblos zu Boden, vom tödlichen Geifer des Lindwurms benetzt.

Odin, der goldbeharnischt sein wildes Heer angeführt hat, kämpft mit Fenrir. Der Höllenhund verschlingt Allvater und wird selber von Vidar entzweigerissen, Odins Sohn, der damit seinen Vater rächt."

„Ach, auch Odin kommt in der Götterdämmerung um", wundere ich mich. Die Alte sieht mich scheel an. „Der Untergang ist gerecht. Er schont niemand."

„Niemand entkommt?"

„Niemand. Alle neun Reiche lodern im Weltenbrand, alle ihre Geschöpfe gehen in den Flammen unter. Allein zwei Menschen, Lif und Lifthrasir, haben unter Yggdrasils bergenden Ästen Zuflucht gefunden. Sich vom Morgentau der Weltesche ernährend, werden sie überleben und ein neues Geschlecht gründen. Einmal, in weiter Ferne ..." Die Hexe lehnt sich zurück, ihr Kopf wackelt schief, und aus ihrem herabhängenden Kinnladen sickert ein Speicheltropfen, „wenn eine neue Welt erstehen wird."

*

Wir sitzen in langem Schweigen, während die Kälte, an unseren Beinen emporkriechend, uns bis in die Eingeweide dringt. Schließlich ringt sich Encolpius eine Frage ab: „Wenn all dies geschieht, wird das Römische Reich noch stehen?"

„Scherzest du? Nichts hat Bestand auf dieser Erde. Was ist von den Türmen Babylons geblieben, von Alexanders Träumen von der Weltherrschaft? Der Mensch ist ein Schatten, der nicht der Erde gehört und nicht Walhalla, sondern dem Reich der Hel. Mein Volk lebt seit Tausenden von Jahren auf dieser Erde, und es wird noch hier leben, wenn eure Tempel und Triumphbögen nur noch Trümmerhaufen sein werden und Roms Glorie nur noch eine blasse Erinnerung, die niemandem etwas mehr bedeutet."

„Du bist kühn", sagte Encolpius.

„Nur ehrlich. Alles weiß ich nicht - das tut kein Mensch -, aber das wenige, das mir meine Stimmen sagen, spreche ich frei und unumwunden aus."

„Dann geben die ewigen Götter, dass du dich irrst", sagt Encolpius. Ich schüttele mich ungeduldig. „Nicht gerade erbaulich, eure Sagen. Im Vergleich dazu geht es in unserer Mythologie geradezu friedlich zu. Und auch die Götter der Kelten lob ich mir, das sind wenigstens keine blutrünstigen Ungeheuer wie die, die du uns geschildert hast."

„Du sagst es", meint Gunnlöda mit einem hinterhältigen Glimmen in den Augen. „Wenn du willst, können wir in einem heiligen Hain der Kelten Halt machen. Man verehrt dort Cernunnos, den Hirschgeweihgott. Ihm zu Ehren hängt man keine Pferdeschädel auf Pfähle, aber man schlachtet Menschen und knüpft sie an Bäumen auf."

Severus Alexander, Mogontiacum, Dezember 987

„Kommst du mit mir nach Rom?", frage ich sie.

Sie spielt zerstreut mit den Bettquasten. „Nach Rom? Nein, dort ist es mir zu heiß."

„Zu heiß?"

„Ja, ich würde den Frühlingsregen vermissen. Und sogar den Schnee."

„Ihr seid harte Menschen."

„Wieso? Man muss mit den Jahreszeiten leben. Immer nur eitel Sonnenschein, das ist doch nichts."

„Dass diese zarten Händchen nicht im Frost erschauern, und diese reizende Stupsnase hartnäckig der Kälte trotzt …", sage ich und überzieh die entsprechenden Körperteile mit Küssen.

„Du brauchst mir deine Liebe nicht zu schildern", sagt Boudica. „Es genügt, wenn du sie mir zeigst."

„Tu ich das denn nicht, du Unersättliche?", sage ich und reiße sie erneut in meine Arme. Wir rollen über das Bett, die Hündchen winseln und grabschen von unten mit ihren Pfoten, weil sie auch bei der Balgerei mitmachen wollen. Nachdem wir zu einem erneuten Höhepunkt gekommen sind, zieht Boudica die Hunde zu uns ins Bett. Sie vergnügt sich eine Weile mit den beiden, lässig, triebhaft, als gehöre auch sie nicht dem Menschen-, sondern dem Tierreich an.

Ich stöhne. „Castor, Pollux, jetzt gebt endlich Ruh. Und du, Boudica, hör mir zu. Ich meine es ernst: In Rom könntest du das Leben einer Kaiserin führen. Du müsstest nicht mehr in Regen und Schnee herumstehen ...“

„Seitdem du mir den Platz in der Markthalle gekauft hast, steh ich doch im Trocknen.“

„Einerlei. Ich könnte dir in Rom ein Häuschen mit Garten am Tiber besorgen. Oder eine komplette Bäckerei, wenn du das vorziehst.“

Sie ist in Gedanken noch bei meinem vorletzten Satz. „Das Leben einer Kaiserin? Heiraten kannst du mich doch nicht. Oder?“

„Nun ...“ Ich druckse etwas herum und versuche sie mit gesteigerten Liebkosungen abzulenken. „Nun, wir wollen realistisch bleiben. Du weißt, Roms Gesetze verbieten das.“

„Deine Mutter wird dir schon eine neue Hochzeit ausrichten. Aber du warst ja bereits verheiratet. Warum hast du dich von deiner Frau getrennt?“

„Das“, sagte ich langsam, „hatte politische Gründe.“

„Versteh ich nicht. Wie kann man seine Frau verstoßen, wenn man sie liebt? Oder hat dir nichts an ihr gelegen?“

Sie zieht sich die Robe über, die auf einem Sessel lag, und tritt ans Fenster. Sie schaut hinaus, dann, als von mir keine Antwort kommt, wendet sie sich mit einer ruckartigen Kopfbewegung um. Funkelnd federt ihr rötliches Haar um den Nacken. „Alexander?"

Ich senke den Kopf. „Liebste, ich kann und will nicht darüber reden."

„Nun gut." Sie presst die Lippen aufeinander und schaut hinaus. „Ich habe kein Recht, dir Fragen zu stellen. Und im Grunde will ich es gar nicht wissen. Ich bin ein Mensch, der für den Augenblick lebt. Das genügt mir."

„Schön", sage ich. Um sie auf andere Gedanken zu bringen, füge ich schnell hinzu: „Deine Freundin, steht sie noch draußen mit ihren Kräutern?"

„Gunnlöda? Oh ja, die gibt ihren Stammplatz nicht auf."

„Ihr seid ein seltsames Gespann, ihr beide. Ich frage mich, was ihr gemeinsam habt."

„Nun, wir müssen beide schauen, dass wir über die Runden kommen. Gunnlöda meint, ich habe ein großes Geschäft gemacht." Sie lacht kurz, dann, wieder ernst werdend, kommt sie zu mir zurück. „Aber du weißt, dass es nicht so ist. Was ich auch tue, ich tue es nicht aus Berechnung."

„Ich weiß." Ich wühle mich aus den Kissen, sie hilft mir in meine Tunika. „Ein sonderliches Wesen, deine Gunnlöda. Sie hält nicht mir ihrer Meinung hinter dem Berg. Trifft das, was sie prophezeit, auch manchmal ein?"

„Oh, sie weiß eine Menge. Und man kann viel von ihr lernen. Nur wie man Männer verführt, davon versteht sie nichts, aber darin brauch ja ich keine Lehrmeisterin."

„In der Tat. - Und was kann man sonst noch von ihr lernen?"

„Ja, zum Beispiel habe ich sie einmal gebeten, mir zu zeigen, wie man Runen liest. Aber ich war wohl zu dumm." Sie lacht. „Oder es ist zu verzwickt. Ich habe es aufgegeben, und als Lehrerin ist Gunnlöda auch nicht eben die Geduldigste."

„Tja, wenn man hinter all diese alten Sagen und Geschichten sehen könnte, so als blicke man in einen Spiegel ... Encolpius hat es versucht, aber ich denke, für einen Römer ist das ein Buch mit sieben Siegeln. - Liest du Latein oder Griechisch, Boudica?"

Boudica schüttelt den Kopf. Im Sessel hockend, bückt sie sich, um ihre Fersen zu massieren. Ich blicke dorthin, wo ihre Robe auseinander klafft. Boudica meint, leichthin, ohne den geringsten Vorwurf: „Um es mir beizubringen, dafür bist du wohl nicht lange genug in Germanien."

„Ich könnte dir ein Gedicht vorlesen."

„Ein eigenes?"

„Apollo behüte, das möchte ich dir doch ersparen. Nein, ich weiß eins auswendig, von Meleagros, das werde ich dir übersetzen. Willst du es hören?"

„Gerne."

Sie lehnt sich zurück, den Blick auf dem Fenster, Castor und Pollux zu Füßen. Und ich sage ihr das Gedicht auf:

„Du schläfst – o sänk ich jetzt auf dich hernieder

leicht wie ein Hauch,

darf doch des Schlafes Flügel deine Lider

berühren auch.

Und schließt er selbst dem Zeus die Augen zu

und wiegt ihn ein,

dir bleib er fern - ich hüte deine Ruh,

ich ganz allein."

Sie blieb bereits länger, manchmal den ganzen Nachmittag. Die Abende hielt sich Severus Alexander als seriöser Mensch und Herrscher für Staatsgeschäfte oder für die Musen frei. Dass er nebenbei auch der Liebesgöttin diente, sollte mir recht sein: Dadurch milde gestimmt, urteilte er mein eigenes Privatleben weniger streng.

Beim Hinausgehen (wobei sie die satte Ruhe einer Katze ausstrahlte) bemerkte sie: „Du brauchst mich nicht zu begleiten, du erkältest dich nur. Den Weg zur Markthalle finde ich allein."

„Sehr schön. Pass gut auf dich auf."

„Leb wohl, Encolpius."

Mit ihrem leeren Korb und ihren anmutig schwingenden Gang verschwand sie im Gewühl des Forums. Als ich in den Palast zurückkehrte, sah ich dort die Kaiserinmutter, die bei der Voliere stand.

Sie sagte kurz, wie beiläufig: „Wer ist das Mädchen?"

„Niemand von Bedeutung."

„Ja, er ist auch nur ein Mann." Mit zierlicher Bewegung, das Handgelenk locker schweben lassend, warf sie dem Pfau Sonnenblumenkerne zu. „Wenn es ohne Bedeutung ist, brauch ich mir ja keine Gedanken zu machen."

Dann, schärfer: „Wie weit seid ihr mit den Memoiren?"

„Oh, wir mussten eine kleine Pause einlegen. Er hat ja jetzt anderes zu tun."

Sie warf mir einen kurzen prüfenden Blick zu und ließ weitere Sonnenblumenkerne zu Boden rieseln. Der Pfau pickte in meine Richtung. Ich trat vorsichtig einige Schritte zurück.

Mammaea sagte: „Du weißt ja, dass ich das Zeug sehen will, bevor du letzte Hand daran legst."

„Das habe ich nicht vergessen, Augusta."

„Ist er schon bei seinem eigenen Regnum angekommen?"

„Nein."

„Eine unleidliche Geschichte. Ich wollte, er hätte es bleiben lassen. Oder die Memoiren der Nachwelt überlassen."

„Das hätte das Risiko mit eingeschlossen, dass sie verfälscht oder voreingenommen dargestellt werden könnten."

„Objektiv ist niemand, das müsstest du selber am besten wissen. Du wirst dich ja wohl hüten, aus deiner eigenen Sicht oder aus welchen Gründen auch immer etwas zu ändern."

„Das stünde mir wohl kaum zu, Augusta."

„Hm." Sie kniff den Mund zusammen und hob ihre knochige Nase. „Ich hoffe nur, ihr werdet euch nicht unnötig bei gewissen ... Punkten aufhalten. Bei Orbiana. Oder bei seinem Legitimitätsanspruch."

Leicht hinterhältig lächelte ich zu der Voliere hin, als sei ich vom Hin und Her der Vögel verzaubert: „Spielst du jetzt auf Caracalla an?"

„Niemand hat Lust, in den alten Geschichten herumzuwühlen", sagte sie. „Schon damals redeten sie genug über mich. Sogar Septimius Severus. Und Julia Domna."

„Ich erinnere mich", sagte ich, unentwegt lächelnd. „Man erzählte damals, sie habe dich gefragt, wer nun der Vater des Alexianus sei, Caracalla oder Gessius Marcianus. Und du habest geantwortet: Marcianus ist ein guter Kerl, aber Caracalla ist der bessere Liebhaber."

Dann musste ich zurückspringen, denn Mammae hatte mit heftiger Bewegung eine ganze Handvoll Kerne vor meine Füße geschleudert, so dass der Pfau genauso heftig nach mir schnappte. Sie beugte sich vor und zischte: „Hüte deine Zunge, sonst lass ich sie dir herausreißen."

Um Fassung bemüht, gab ich zurück: „Ich bin nicht mehr dein Sklave, Augusta."

„Ja, aber wenn du denkst, ich habe keine Macht und keinen Einfluss, dann irrst du, und zwar gewaltig. Und darum sage ich nochmal: Hüte dich, Encolpius, hüte dich."

Encolpius, Mogontiacum, Dezember 987

Der Kaiser hatte sich endlich dazu durchgerungen, in den Erinnerungen die Zeit seiner eigenen Herrschaft in Angriff zu nehmen. Er hatte einen Haufen Notizen um sich aufgebaut, und so ging das Diktat recht flott vonstatten. Als wolle er die Sache so schnell wie möglich hinter sich bringen, diktierte der Imperator eilig, beinahe mechanisch:

„Caesar Marcus Aurelius Alexander Severus Pius Felix Invictus Augustus begann seine Herrschaft damit, dass er mit all dem Wust, den sein Vorgänger, der berüchtigte Varius Elagabalus, hinterlassen hatte, aufräumte. Die Eunuchen und Lustknaben, die das Massaker der ‚Spes Vetus‘ überlebt hatten, also all die Günstlinge des kaiserlichen Wüstlings, wurden des Landes verwiesen. Der neue Herrscher erwog sogar, das Gewerbe der männlichen Prostituierten ganz zu verbieten, aber hier stieß er auf den Widerstand der … äh, interessierten Kreise." Er schluckte, knetete ein Sofakissen in seinen Händen. Dann fügte er heiser und ohne Übergang hinzu: „Die Bekämpfung des sittlichen Verfalls und die Wiederherstellung alter republikanischen Tugenden waren ein Hauptanliegen des Kaisers. – Kannst du folgen, Encolpius?"

Ich nickte, über meinen Papyrus gebeugt, und er fuhr fort:

„Der asiatische Wust verschwand, unsere angestammten Götter durften in ihre Heiligtümer zurückkehren. Die kaiserliche Suite und das Hofpersonal wurden drastisch reduziert, und jeder Luxus wurde vermieden. Jeder durfte sich an der Tafel des Caesars einstellen und war sicher, Gehör zu finden, aber protzerische Zurschaustellung war dem Kaiser zuwider. Auf seinem Tisch gab es

kein Gold, sondern Silber. Frauen, die überreiche Kleinodien tru-
gen, und Männer, die sich mit Edelsteinen schmückten, wurde beschieden, dass sie im Palast nichts zu suchen hatten."

Ob er wohl die Geschichte mit Orbianas Perlen erwähnen wird,
dachte ich, während meine Feder über das Papier raste. Er ging
aber sofort auf etwas anderes über: „Da seine Großmutter, die
ehrwürdige Julia Maesa, kurze Zeit nach seinem Regierungsantritt verschieden war, suchte sich der noch unerfahrene Severus
Augustus – in Übereinstimmung mit seiner Mutter, der *Clarissima*
Julia Mammaea Augusta – neue Ratgeber aus den Reihen des Senats, deren erste Voraussetzung ein ausgezeichneter – nein,
schreib, ein unbefleckter Ruf war. Es waren dies unter anderen
die Rechtsgelehrten Domitius Ulpianus und Paulus Dexter, der
Rhetoriker Catilius Severus sowie der Historiker Cassius Dio, der
Statthalter in Pannonien und Dalmatien gewesen war. Wie Cassius Dio war Gordianus Sempronianus Prokonsul in Afrika gewesen und teilte ein Konsulat mit Severus Alexander. Diesen hoch-
gebildeten und begüterten Mann, Freund der schönen Künste
und der schönen Frauen und selbst begabter Dichter, wie auch
seinen Sohn, den charmanten Marcus Antonius Gordianus, be-
ehrte der Kaiser mit seinem Vertrauen und war stolz, sie zu seinem Freundeskreis zu zählen. – Damit ist doch nicht zu viel gesagt, nicht wahr?"

„Nein, *Sewaste*. Es sind alles ehrenwerte Männer und vortreffliche Patrioten."

„Gut." Alexander schnüffelte, lehnte sich zurück und sah zum Fenster. Nach einer kurzen Pause fuhr er fort: „Das Rechtswesen lag dem Kaiser sehr am Herzen. Ein Konsilium auserlesener Fachleute der Jurisprudenz und der Politik stand ihm zur Seite. In den ersten Jahren seiner Herrschaft verbrachte er viel Zeit damit, selber Recht zu sprechen – bevor ihn andere wichtige Angelegenheiten beanspruchten, Kriege ausbrachen und er gezwungen war, die Tore des Janustempels zu öffnen."

„Schön ausgedrückt, mein Kaiser", sagte ich.

„Ja, ich bin auch froh, dass mir das eingefallen ist. Aber weiter: Besonders wichtig war dem Caesar das Appellationsrecht, also dass jeder Berufung an den Kaiser einlegen konnte, ohne von niederen Instanzen daran gehindert zu werden. In seinem Reich sollte jeder gleich behandelt werden. Eine tiefgreifende Rechtsreform gestattete es, die Steuerlast zu erleichtern bzw. gerecht zu verteilen. Mit Steuermitteln konnten so Regionen und Städte bezuschusst werden, die von Erdbeben oder anderen Katastrophen heimgesucht worden waren."

Er holte Atem und kramte in seinen Unterlagen. Ich wartete geduldig. Von draußen vernahm man die männlichen Schritte der

Wachsoldaten, die Rufe der Marktverkäufer und, wenn man genau hinhörte, das Getümmel des Hafenviertels.

Alexander erhob sich und durchmaß den Raum mit großen Schritten, während er weiterdiktierte: „In Rom ließ der Caesar die Getreidespeicher füllen, die unter der Herrschaft des Varius leer gestanden hatten. Zu den öffentlichen Bauarbeiten, die er in Auftrag gab, gehörte die Instandsetzung des Marcellus-Theaters, der Trajan-Brücken, des Flavier-Amphitheaters sowie ... der antoninischen Thermen. Außerdem ordnete er den Bau eines Aquädukts an, der nach ihm der alexandrinische genannt wurde."

Für kaum dreizehn Jahre Herrschaft eigentlich eine sehr ansehnliche Bilanz, schoss es mir durch den Kopf. Dem fügte der Imperator noch einige Trümpfe hinzu: „Handel und Industrie wurden vorangetrieben, was dem Reich nach Jahren des Niedergangs eine neue Blüte verschaffte. Fabrikbetriebe wurden ins Leben gerufen. Ärzte, Opferschauer, Astrologen, Grammatiker und Architekten bekamen ein festes Gehalt und eigene Hörsäle. Als die Christen und die Garköche sich um einen öffentlichen Platz stritten, entschied der Kaiser, dass es besser wäre, wenn anstatt der Betreiber von Imbissbuden gläubige Menschen diesen Platz bekämen. Überhaupt suchte er sich in religiösen Dingen ein eigenes Bild zu machen – zu verschaffen. So informierte er sich bei einem

Lehrer der Christen, mit dem seine Mutter bereits einen Briefwechsel unterhielt, einem gewissen Origenes, worin sein Glaube nun eigentlich bestünde, und konnte so Vorurteile gegenüber den Christen - wie den Vorwurf des Kannibalismus - entkräften. Ich nehme an, deswegen haben mich einige einen syrischen Synagogenvorsteher genannt."

Ich unterdrückte ein Lächeln und warf rasch ein: „Man könnte noch sagen, dass du, erhabener Caesar, ein glühender Verehrer unser olympischen Götter und ein unentwegter Wahrer ihrer traditionellen Werte bist."

„Meinetwegen. Formuliere du das nach deinem Gutdünken. Hauptsache, man unterstellt mir keine vorgefasste Einseitigkeit." Alexander sank auf einen Stuhl und blickte fragend zu mir. „Was gibt es noch zu sagen?"

„Oh, da ist gewiss noch manches, was in den letzten Jahren passiert ist. – Aber du siehst erschöpft aus, *Kyrie*. Geruhst du hier abzubrechen?"

„Nein. Wir legen eine Pause ein, dann machen wir weiter."

*

Es war Boudicas Stunde. Sie schlüpfte herein, streifte ihren Kapuzenmantel ab und setzte sich auf die *Kline* neben den Kaiser. Wie ein geduldiges, aber wachsames Tier hockte sie da, die Augen auf dem Bodenmosaik, wo Chronos seine Sense schwang. Alexander legte den Arm um sie. Ich sagte: „Soll ich mich entfernen, *Sewaste?"*

„Nein, wir machen gleich weiter. Vor Boudica habe ich keine Geheimnisse. Und sie soll ruhig erfahren, was ich so alles getrieben habe."

„Da bin ich aber gespannt", sagte sie und lächelte hintergründig.

„Wollt ihr etwas trinken, ihr zwei?"

Wir verneinten, und er fragte mich: „Wie geht es Aelia Lepida?"

„Oh gut." Ich schnitt eine halb verlegene und halb gequälte Grimasse. „Sie mästet den Fasan für die Saturnalien."

„Schön. Ich gebe eine kleine Feier, nur im engsten Kreis. Ich würde mich freuen, wenn ihr kommen könntet."

„Das wäre eine große Ehre, *Auguste."*

Offensichtlich schloss die Einladung Aelia mit ein, und da es das erste Mal war, dass er sie zur Kenntnis genommen hatte, fühlte ich mich nicht wenig geschmeichelt. Boudica noch immer an sich drückend, sagte er jetzt: „Doch zurück zu unseren Geschäften. Was, meinst du, gehört noch in die Memoiren?"

„Nun", sagte ich gedehnt, „ich denke, es wäre nicht schlecht, wenn du einige persönliche Dinge einflechten würdest. Damit man sieht, dass du nicht nur Herrscher, sondern auch Mensch bist."

„Allzu persönlich soll es aber nicht werden. Davon hält mich eine gewisse Scheu ab. Aber eins will ich noch hervorstreichen: wie wichtig es mir ist, dass allen Gerechtigkeit widerfährt."

Ich murmelte: „Niemand steht über dem Gesetz."

„Nein, niemand. Schreibe also ... Nun ..."

„Ja, *Sewaste?"*

„Amtsmissbrauch, Bestechlichkeit, persönliche Bereicherung auf Kosten anderer waren Severus Alexander ein Gräuel. Es war sein Prinzip, Verfehlungen dieser Art unerbittlich zu ahnden. Das galt auch für die Armee. Soldaten, die gegen die Regeln verstießen, hatten mit Stockhieben, wenn nicht schlimmeren Strafen zu rechnen.

Auch gegen korrupte, unehrliche und eigennützige Beamte wurde vorgegangen. Einem Schreiber, der eine juristische Akte gefälscht hatte, ließ der Kaiser die Fingersehnen durchschneiden, damit er in Zukunft keine solche Untat mehr begehen könne. Als ein Stellmacher ein altes Mütterchen misshandelte, gab der Kaiser ihn der Frau als Sklaven, damit er für ihren Unterhalt sorgen möge. Ein weiterer flagranter Fall war der des Verconius Turinus. Du erinnerst dich, Encolpius?"

„In der Tat. Ich höre, mein Kaiser."

„Dieser schamlose Schleicher brüstete sich damit, dass er mein Vertrauen in dem Maße genieße, dass er jede Vergünstigung aus mir herausschlagen könnte. Von Bittstellern, die sich durch seine Vermittlung eine Gnade zu erwirken hofften, ließ er sich seine Dienste teuer bezahlen. Der Kaiser aber kam ihm auf die Schliche und befahl ihn vom Rauch zweier Feuer ersticken zu lassen, denn er hatte den Leuten ‚blauen Dunst' vorgemacht."

Alexander fuhr Boudica über die Nase. „Hältst du mich für sehr grausam, mein Liebling?"

„Du bist die Güte in Person. Aber du bist auch gerecht, und das macht dich zu einem vorbildlichen Herrscher."

„Schmeichlerin. Aber jetzt bin ich wenigstens beruhigt."

Ich beobachtete ihre Liebkosungen und fühlte mich leicht unbehaglich. Hatte er wirklich vor, die wohl gravierendsten Ereignisse seines Lebens zu unterschlagen? Natürlich verstand ich seine

Skrupel und was ihn daran hinderte, offen und ehrlich die Wahrheit niederzuschreiben. Dennoch, dachte ich trotzig, Fakten sind Fakten, und was nützen Memoiren, wenn man den Fakten aus dem Weg geht?

So war ich aufs höchste gespannt, als er den Faden wieder aufgriff: „Sich beim Heer Respekt zu verschaffen war nicht so einfach. Immer wieder kam es zu Befehlsverweigerung und manchmal zu offener Meuterei. So wurde, als Severus sein Leben einsetzte, um in Mesopotamien die Perser zu bekämpfen, von aufsässigen Truppenteilen Taurinus zum Gegenkaiser ernannt. Bevor er gegen den rechtmäßigen Herrscher marschieren konnte, ertrank Taurinus allerdings im Euphrat, und die Sache kam ... kam zu einem unrühmlichen Ende."

Alexander runzelte die Stirn und zwang seiner Stimme Festigkeit auf: „Schlendrian und Korruption in der Armee einzudämmen erwies sich als Damoklesschwert. Cassius Dio hatte es zu seinem Leidwesen probiert, Domitius Annius Ulpianus sollte daran scheitern. Ulpianus, ein brillanter Jurist, war aus der Kanzlei des Papianus hervorgegangen und hatte sich zunächst als *praefectus annonae* um die Lebensmittelbesorgung zu kümmern. Severus Alexander ernannte ihn zum Prätorianerpräfekten mit dem Auftrag, beim Heer die Disziplin zu verstärken. Im Heer kam das allerdings schlecht an. Von Offizieren wie Flavinus, Chresus und Epagathus angestachelt, empörten sich die Soldaten und wiegelten die Stadtbevölkerung auf. Bei den nachfolgenden Straßenkämpfen, die drei Tage dauerten, gingen ganze Häuserzeilen in Flammen auf. Ulpianus flüchtete vor seinen Soldaten in den Palast, aber sie ... sie holten ihn ein. Obwohl der Kaiser seinen Purpurmantel über ihn ausbreitete, wurde sein Freund und Berater davongeschleppt und niedergemacht." Alexanders Augenlider zuckten, und er sprach mit brüchiger Stimme zu Ende: „Dies zeigte, wie ohnmächtig der Kaiser in kritischen Momenten ist. Die Armee setzt ihn ein, und wenn sie ihn nicht mehr braucht, setzt sie ihn wieder ab oder bringt ihn um."

Ich schaute betreten, und Boudica streichelte begütigend die kaiserliche Wange. Er raffte sich auf: „Jetzt soll alles gesagt sein. Schreibe, Encolpius!"

Nichts lieber als das, dachte ich und hob meine Feder. Alexander sagte, laut, wenn auch stockend: „Einige Zeit später geriet der Schwiegervater des Kaisers, Seius Sallustius, in den Verdacht, er wolle ... äh auf Grund seines Einflusses auf seinen Schwiegersohn ... die Macht an sich reißen. Es gelang Sallustius nicht, sich von den Anschuldigungen zu befreien, und er wurde ... nun ja ... er wurde hingerichtet. Das Strafgericht traf auch seine Familie. Der

Kaiser ließ sich von der Tochter des Sallustius scheiden und verbannte sie nach Libyen."

„Die Tochter des Sallustius", wiederholte ich. Und dann, damit ihr wenigstens einmal Gerechtigkeit widerfahre und ihre voller Name in die Memoiren käme, sprach ich ihn laut und bestimmt aus: „Die Gattin des Kaisers, Gnea Seia Herennia Sallustia Barbia Orbiana."

*

Gunnlöda stand noch immer am Forum und bot mit grimmigem Gesicht ihre Kräuter feil. Ich ging öfters an ihr vorbei und, da ich keinen Grund hatte, so zu tun, als kenne ich sie nicht, unterhielt ichch mich ein bisschen mit ihr. Über das, was sie mir im Germanendorf gezeigt hatte, fiel kein Wort, aber ich brauchte auch sonst ihre Hilfe. Manchmal tat mir schon Liebstöckel oder Schafgarbe für die Verdauung not, oder etwas wie Burzeldorn oder Bischofsmütze, um die Manneskraft anzuregen.

Nun war es meinem Ruf nicht gerade förderlich, wenn ich zu oft mit einem germanischen Kräuterweib gesehen wurde, das noch dazu als Zauberin verschrien war. So nahm ich es auf mich, mich persönlich zu ihr zu begeben. Gunnlöda wohnte etwas außerhalb der Stadtgrenzen, unter dem Aquädukt. Hier hatten sich viele Germanen niedergelassen, weil sie so, wie es hieß, rasch in freier Natur waren, um ihre Götter zu verehren. Was man der schmierig aussehenden Vettel nicht zugetraut hatte - ihr Häuschen war erstaunlicherweise recht sauber und ordentlich eingerichtet, trotz überall anzufindender Unappetitlichkeiten wie Tierskelette, getrocknete Schlangen, Amphibien und Föten in Gläsern.

Der Schnee knirschte unter meinen Füßen, und in Erwartung des heidnischen Julfestes hingen Schlehen- und Fichtenzweige an den Hausgiebeln. Vor Gunnlödas Haus angekommen, bemerkte ich am Eingang eine Sänfte, die mich stutzig machte, da sie in dieser ärmlichen Umgebung recht herrschaftlich wirkte. Misstrauisch geworden, zog ich mich hinter die nächste Hauswand zurück. Keinen Moment zu früh, denn schon traten zwei Frauen aus Gunnlödas Haus. Beide waren in weite Mäntel gehüllt und noch dazu verschleiert. Die eine, die der ersten auf dem Fuß folgte, schien etwas unter ihrem Mantel zu verbergen. Offensichtlich in großer Eile, glitten die zwei in die Sänfte, die meinem Blickfeld entschwand. Aber zuvor hatten die hohe Stirn, die spitze Nase und ein scharfer Blick durch den Schleier genügt, damit ich in der ersten Frau die Kaiserinmutter erkannte.

Was suchte Julia Mammaea bei der germanischen Sibylle? Benötigte sie ein Mittel, um die Liebe ihres Sohnes zu bewahren, oder eins, um Alters- und Schönheitsverfall Einhalt zu gebieten? Es musste schon etwas von Bedeutung sein, so dass sie sich nicht scheute, persönlich und inkognito dieses verrufene Viertel aufzusuchen.

Darüber dachte ich lange nach, bevor ich mich entschloss, das Hexenhaus zu betreten.

Severus Alexander, Mogontiacum, Dezember 987

Sicher, es war ein Fehler, Orbiana als Venus Felix darzustellen. Aber der Bildhauer - natürlich ein Grieche - ließ nicht locker, und das Resultat war ja auch überwältigend. Frei nach Praxiteles, wächst sie in ihrer vollen weiblichen Blüte empor, Cupido zur Seite. Mit runden Schenkeln und schwellenden Brüsten reckt sie ihre selbstbewusste Nase, deren Länge durch einen reizenden kleinen Höcker gemildert wird, und bedeckt eher herausfordernd als verschämt die untere Hälfte ihrer Blöße.

Dabei ist Orbiana nie provokativ gewesen. Klug und bedächtig, wie sie war, dachte sie sich ihren Teil, sprach ihn aber nicht aus.

Was die Frauenwelt nicht davon abhielt, in Eifersucht zu rasen, in erster Linie meine Mutter.

Orbiana hat ihr nie widersprochen, aber das leicht mokante Lächeln, das um ihre üppigen Lippen spielte, und der unter gesenkten Lidern aufwärtsspähende Blick sagten genug. Fast unmerklich, aber unvermeidlich verschlechterte sich nach und nach das Verhältnis. Mutter nahm hin, dass Orbiana als Gattin des Imperators das heilige Feuer vorausgetragen wurde, und auch dass ihr der Titel „Augusta" verliehen wurde, konnte sie nicht verhindern. Orbiana saß an meiner Seite an der kaiserlichen Tafel, und aus unseren nun nicht mehr scheu, sondern recht offen ausgetauschten Zärtlichkeiten konnte jeder ersehen, dass unser Glück vollkommen war.

Ihre Privilegien ließ Orbiana sich nicht nehmen. Eigenmächtig entließ sie Hofdamen, die Mutter bei ihr eingeschleust hatte, um – man kann es nicht anders nennen – ihr auf die Finger zu schauen. Das machte der Kaiserinmutter einen gehörigen Strich durch die Rechnung, denn so konnte sie nicht mehr darauf lauern, wann endlich einmal die Monatsblutung ausbleiben würde. Schon drei Monate nach unserer Eheschließung hatte sie Orbiana ausgefragt, ob sie nicht bereits gesegneten Leibes sei, und aus den bohrenden Fragen wurden dann Vorwürfe und schließlich die unverhohlene Forderung nach einem Thronerben.

Wir aber waren beide erst siebzehn und mussten uns erst finden. Unsere gegenseitige Zuneigung wuchs langsam, und Mutter zum Trotz habe ich mich Hals über Kopf in meine Gattin verliebt. Orbiana suchte mir Freude zu bereiten und machte mir kleine liebenswerte Geschenke, die natürlich allesamt die schwiegermütterliche Missbilligung hervorriefen. Mit Aufmerksamkeiten und Geschenken für meine Gattin geizte auch ich nicht, was Mutter jedes Mal mit scheelen Blicken zur Kenntnis nahm.

Nur in einem Punkt war ich unnachgiebig: Als meiner Gemahlin von einem asiatischen Gesandten zwei ungewöhnlich schwere Perlen geschenkt wurden, verbot ich ihr, eine solch teure Gabe anzunehmen. Ich ordnete an, dass der Schmuck der Venus dargebracht werden sollte. Mutter schaltete sich ein, steckte die Perlen in die Tasche und sagte, sie würde sich darum kümmern. Ich habe in der Folge mehrmals den Venustempel besucht, habe aber nie die Perlen an den Ohren der Statue ausfindig machen können.

Ich habe damals geschwiegen, wie ich auch nachher schwieg. Das Verhängnis nahm seinen Lauf. Orbiana nahm sich kleine Freiheiten heraus, die Mutter verdrossen. Sie wollte weißen Flieder und kostspielige weiße Azaleen als Tafelschmuck, und Mutters Lieblingsfarbe ist Blau. Ohne die Meinung ihrer Schwiegermutter einzuholen, ließ sie die oberen Etagen neu streichen und dekorieren.

Dann stieß Oriana die Sitzordnung bei Tisch um. Der Platz zu meiner Linken hätte meinem nächsten männlichen Verwandten (den ich nicht hatte) zugestanden, sie wies ihn ihrem Vater zu.

Nun hatte ich ein ausgezeichnetes Verhältnis zu meinem Schwiegervater. Er hatte eine gut bestückte Bibliothek, die ich gerne in Anspruch nahm. Wir konnten uns über Plato und Seneca austauschen, und wenn Zeit blieb, ging ich auch gerne mit ihm angeln.

Seius Sallustius war Vorsteher des kaiserlichen Haushaltes, später habe ich ihn auch mit der Verwaltung der kaiserlichen Domänen betraut. Mutter nörgelte zwar, er besetze die Ämter allzu willkürlich nach eigenem Gutdünken, und sie hätte andere Leute genommen. Was mich betrifft, so hieß ich seine Wahl gut. Nur einmal kam mir zu Ohren, er habe auf seiner Heimatinsel Sardinien mit staatlichen Geldern eine Villa errichten lassen. Die Villa war für den Kaiser gedacht, aber ich hatte nie verlauten lassen, dass ich gerne auf Sardinien wohnen würde.

Die Krise kam im dritten Jahr unserer Ehe, als wir die Brumalien begingen. Seius Sallustius hatte die Feier organisiert. Als mit

Efeu und Weinblättern gekrönter Bacchus räkelte er sich auf einem Leopardenfell, ihm zur Seite Orbiana blumenbekränzt in der Rolle der Ariadne, während der jüngere Gordianus als Theseus fungierte (Sallustius nahm es mit der Mythologie nicht so genau). Es wurde ausgiebig getrunken und gelacht, und die Stimmung war ausgelassen. Nachher sagte Mutter, sie habe nie etwas Abstoßenderes gesehen, mein Insulaner von Schwiegervater sei ein Weinschlauch und Wüstling, und Orbiana sei nicht viel besser. Direkt unanständig, wie sie mit Gordianus geschäkert habe.

Ich sah es nicht so, vermochte die mütterlichen Einwände aber nicht abzuschwächen. Am darauffolgenden Tag erschien Mutter bei mir mit einem Groll, der dem der Furien würdig gewesen wäre. Sie beschuldigte Sallustius unumwunden, er nutze seine Vorrechte, um sich zu bereichern, treffe Entscheidungen, ohne mich zu befragen, und wolle gar die Macht an sich reißen. Sein Bestreben sei es, mein Mitregent, wenn nicht gar selber Kaiser zu werden.

In der Tat hatte ich einmal meine Absicht angesprochen, Sallustius zu meinem Caesar zu machen, hatte den Entschluss aber noch nicht in die Tat umgesetzt. Ich suchte meine Mutter zu beschwichtigen, sie aber gab nicht nach. Vielmehr rief sie Sallustius herbei und schleuderte ihm all ihre Vorwürfe und all ihren Hass ins Gesicht.

Sallustius wurde puterrot, keuchte wie ein wilder Stier und stammelte, diese Anschuldigungen seien ebenso haltlos wie absurd. „Das heißt also, ich bin eine Lügnerin?", rief Mutter, zitternd vor Wut.

„Nein, aber mir so etwas zu unterstellen, ist schon eine Unverschämtheit."

Ich stand wie zwischen zwei Feuern. Nachdem ich mich vergeblich bemüht hatte, den Streit zu schlichten, sagte ich unbehaglich: „Ich bitte euch, beruhigt euch endlich. Ich werde die Sache untersuchen. Dann ..."

„Es gibt nichts zu untersuchen, weil an der Sache nichts dran ist", fiel mir Sallustius ins Wort. „Dass du der Frau da glaubst! Aber du bist kein Mann. Du bist ein Schlappschwanz, der nie vom Rockzipfel seiner Mutter losgekommen bist!"

Jetzt war es an mir, rot anzulaufen. Ich rang noch um Fassung, als Sallustius in höchster Erregung sich umdrehte und davonstürzte. Verdutzt blieb ich mit Mutter zurück. Sie zeterte: „Und das lässt du dir gefallen? Das ist ja offene Insubordination."

„Bitte, warte doch erst mal ab. Ich bin sicher, es wird sich alles aufklären."

„Sicher, und nicht zu Gunsten dieses unverschämten Emporkömmlings. Wage es noch, ihn zu verteidigen, wage es!"

„Mutter ..."

„Es gab eine Zeit, da wurden Kaiser respektiert, als Götter verehrt. Heute aber ... Ah, da kommt er zurück!"

Er kam zurück, aber nicht allein. In Begleitung der von Waffen starrenden Prätorianer stampfte er ins Zimmer. Noch immer erregt, schrie er: „Wenn mir so etwas unterstellt wird, dann brauche ich Hilfe, damit ich nicht wie Ulpianus hinterrücks abgestochen werde."

„Du wagst es, und noch mit Waffengewalt?", brüllte ich außer mir. Schon schlug Mutter auf den Gong, und meine Leibwache stürmte herein. Die Schwerter kreuzten sich, Sallustius hatte gerade noch Zeit, das seine zu ziehen, als Fortunatus Pacatus, der Gardenoberste, es ihm aus der Hand schlug. Zwei Prätorianer und ein Leibgardist waren gefallen, die übrigen Rebellen wurden abgeführt.

Dass Orbiana ihren Vater in Schutz nahm und gleichzeitig mich aufforderte, endlich durchzugreifen und meiner Mutter den

Mund zu verbieten, goss nur Feuer ins Öl. Ich war entschlossen, dies nicht durchgehen zu lassen. Ich war dabei, den Verbannungsbefehl zu studieren, als Mutter mit einem anderen Schriftstück kam: dem Todesurteil. „Er verdient nichts anderes. Wenn du jetzt Milde walten lässt, kannst du genauso gut abdanken und auf Sardinien Hühner züchten."

Ich unterschrieb. Des Amtsmissbrauchs, der Rebellion und der Majestätsbeleidigung für schuldig befunden, wurde Sallustius im Mamertinum erdrosselt. Aber auch Orbiana durfte nicht an meiner Seite bleiben. Ich wollte mich in aller Stille von ihr trennen, Mutter bestand auf einer offiziellen Scheidung, der Aberkennung aller Prärogative mitsamt des Augusta-Titels sowie der Verbannung. Mein Herz blutete, aber ich wusste, ich musste hart bleiben. Ich schickte Orbiana nach Libyen, auf den Landsitz meines Großvaters Septimius Severus bei seiner Geburtsstadt Leptis Magna.

Seitdem habe ich sie nicht wiedergesehen.

Aelia Lepida, Mogontiacum, Dezember 987

Anfang Dezember wurde Deipyle von einem gesunden Knäblein entbunden. Encolpius, der alte Esel, grinste bloß und übte sich beseligt in der Säuglingssprache. Nur mit Mühe konnten wir Deipyle davon abhalten, das Balg Incitatus zu nennen. Stattdessen gab sie ihm den Namen Telemachos – nach ihrer Auffassung war das griechisch, würdevoll und durchaus angemessen, denn Telemach, wie Deipyle uns belehrte, war der Sohn „eines heldenhaften Vaters und einer züchtigen Mutter" gewesen.

Ich fuhr beinahe aus der Haut, musste mich aber zurückhalten. Das Kindergeschrei, das fortan unser Haus erfüllte, hatte nur etwas Gutes: Es schreckte das wilder Heer ab, das in den rauen Nächten nach der Wintersonnenwende sein Unwesen trieb.

Wir feierten die Saturnalien bei mir zu Hause. Überall brannten Lichter, auch an den Nuss- und Birnbäumen im Garten. Draußen, in der Dunkelheit, hörte man Hörner und den fröhlichen Ruf: „Io Saturnalia!" Dort liefen die vermummten Stenze herum, die in ihrem Festtagsübermut nicht an sich halten konnten.

Bei uns ging es gesitteter zu. Die Flusskrebse schwammen in sämiger *Garum*-Sauce, der Fasan dampfte auf dem Tisch. Unser

Trinkkönig war Silenus, ein gemütlicher Kerl, bei dem keine Gefahr drohte, dass seine Forderungen zu weit gingen. Von Encolpius verlangte er nur, dass er ihm die Zehen küssen sollte. Sich gutmütig, wenn auch umständlich dem Diktat beugend, kroch mein guter Encolpius unter den Tisch und tat, wie ihm geboten. Dabei rutschte ihm der *Pilleus*-Filzhut vom Kopf. Verlegen grinsend, setzte er ihn wieder auf und sah genauso einfältig aus wie zuvor.

Danach wollte der Trinkkönig, dass Cyane und ich einen „etruskischen Nymphenreigen" tanzen sollten. Wir trippelten barfuß über den glücklicherweise vorgewärmten Fliesenboden und führten ein paar neckische Tanzschritte aus, wobei wir vor lauter Lachen ganz aus dem Takt kamen. Prustend und atemlos plumpsten wir wieder auf unsere Plätze. Den Göttern sei gedankt, dass uns nicht befohlen wurde, uns in einen Bottich mit kaltem Wasser zu stürzen.

Deipyle, die uns schadenfroh zugesehen hatte, ließ sich die ganze Zeit wie eine Fürstin bedienen. Da an den Saturnalien die Welt kopfsteht und alle, Herren wie Sklaven, gleich sind, war dagegen nichts zu machen. Wenn auch Cyane und die kleine Taurica der noblen Wöchnerin willig aufwarteten und ihr die besten Bissen ins Maul stopften, so weigerte ich mich doch hartnäckig, mitzu-machen, und widmete mich meinem Encolpius. Mit beinahe müt-terlichen Blicken sah ich zu, wie er Fasan und Gemüse in sich hin-einschaufelte, und goss ihm freigiebig vom Falerner nach. Er hatte mir eine Brosche geschenkt, kunstvoll aus dem Lapislazuli geschnitzt, das ich so gerne habe. Mein – zugegeben etwas freches – Geschenk für ihn, die Terrakottafigur des Priapus in voller Ak-tion, fiel demgegenüber etwas schäbig aus. Allerdings war der liebe alte Narr so gerührt, dass er beinahe in Tränen ausbrach. Was Silenus und Alaricus betraf, so schienen sie mit den Weinam-phoren, die wir ihnen zugedacht hatten, sehr zufrieden zu sein.

Dem Brauch getreu, legte ich Tonpuppen auf den Tisch und zün-dete neue Kerzen an. Encolpius stürzte sich mit Silenus und Ala-ricus in ein Würfelspiel, das er ihnen an diesem Tag nicht abschla-gen konnte. Natürlich nahmen sie ihn schön aus, was Deipyle, die mit der Spindel spielte, die ich ihr geschenkt hatte (ein zarter Wink), befriedigt zur Kenntnis nahm.

Ich schlug vor: „Möchtet ihr noch etwas Wein? Oder sollen wir nach draußen gehen, uns die Winterluft um die Nase wehen las-sen und die neue Sonne begrüßen?"

„Die wird wohl noch etwas auf sich warten lassen", nuschelte En-colpius. Mein Vorschlag fand wenig Zustimmung: Den einen war es zu kalt, die anderen gruselten sich vor der Nacht, die voller Geister und Geheimnisse war. Der Trinkkönig befand: „Nein, zuerst muss der Caracalla-Jahrgang geleert werden, und jeder muss mindestens fünf Plätzchen vertilgen, sonst bekommt ihr es mit mir zu tun!"

Pflichtgemäß machten wir uns über die Honigplätzchen in Tierform her, die frisch aus dem Backofen kamen. Erneut setzten wir unsere Pokale an und stießen auf das kommende Jahr an. Deipyle, deren schweißglänzendes Mondgesicht wie eine Sonne glühte, nahm ihrem Bastard seinen Lutscher ab und hielt ihm die ganze überquellende Fülle ihrer Brust hin. Schamloses Weibsstück! Ich lächelte huldvoll zu dem erhebenden Schauspiel und nahm mir fest vor, die Schlampe bei der ersten Gelegenheit loszuwerden.

*

Was für eine Aufregung! Ich hatte drei Stunden bei der Friseurin gesessen und hatte mir ein sündhaft teures neues Kleid machen lassen, feuerrot mit schwarzen Bordüren. Encolpius fand, ich sähe darin wie Kleopatra aus, und das allein rechtfertigte den Aufwand.

Der gesamte Palast war beleuchtet, der große Festsaal im Erdgeschoss strahlte in Marmor-, Lichter- und Kristallschmuck. Caesar Severus hatte uns paarweise geladen: den Gouverneur und seine Gemahlin, Encolpius und mich, er selbst und seine Mutter gaben das dritte Paar ab. Nur eine fehlte, aber, wie mir Encolpius mir anvertraute, war die zu bescheiden, um sich in solch erlauchte Kreise zu drängen.

Der hochmütige Gouverneur, Publius Cunctus Trebonius, sprach wenig, seine Gattin, Alba Octilia, umso mehr. Sie war eine untergewichtige Bohnenstange, die ungeniert drauflos plapperte und jedes Mal, wenn sie ein gackerndes Lachen ausstieß, ihre Nackenlöckchen zurückwarf, die ihr vermutlich ein jugendliches Aussehen geben sollten. Dagegen wirkte der mit Perlen durchwirkte Haarturm, den ich mir hatte drechseln lassen, geradezu herrschaftlich. Einzige Konkurrenz dazu war die umfangreiche mahagonifarbene Haarpracht, die der Gefährte des Philosophen Stilio - der nannte ihn zärtlich „Pupulus", also Jungchen - zur Schau stellte. Stilio selbst war kahlköpfig und daher kaum in der Lage, mitzuhalten.

Kein Zweifel, der Kaiser war nachsichtig, dass er eine so bunt gemischte Gesellschaft um sich versammelt hatte. Aber er war guter Stimmung. Rosen auf dem Kopf, in einer elfenbeinfarbenen Toga, die am Besatz ein smaragdgrünes Mäander-Motiv zierte, lehnte er auf seiner Liege und schaute uns aus großen strahlenden Augen an. Er hob zu sprechen an: „Draußen herrscht ein tolles Treiben, aber unsere Feier soll im Zeichen der Besinnlichkeit stehen. Niemand zwingt uns, Hanswurst zu spielen, ein Heidengeld für Geschenke auszugeben und zu prassen, dass uns übel wird. Nein, wir wollen die Wiederkehr der Sonne in Würde und Demut feiern. Es mag vermessen klingen, aber ich sehe mich selber ein bisschen wie ein Lichtbringer - *Phosphoros* oder *Lucifer*, was immer ihr bevorzugt. Vielleicht ist meine Aufgabe, eine neue Ära einzuleiten. Der Welt das Heil zu bringen, nicht aus dem Kriegslärm heraus wie Mars oder Thor, und nicht aus dem Blut wie Christus

oder Mithras. Nur aus der Bastion meiner inneren Überzeugung will ich den Menschen Frieden und Gerechtigkeit geben."

„Schön gesprochen, mein Sohn", sagte die Kaiserinmutter, die sich bisher kaum geäußert hatte. „Ja, mir kommen gleich die Tränen", pflichtete Alba Octilia bei und stieß gackerndes Gelächter aus.

Stilio, einen Arm um den Hals seines Liebsten geschlungen, mit dem anderen zierlich die Falten seiner Toga glättend, schüttelte fassungslos den Kopf. „Diese Größe des Geistes, diese unergründliche Weisheit – man vermeint, einen Mark Aurel vor sich zu sehen."

Ich stieß Encolpius in die Seite. „Und du hast deine Wachstafeln nicht mitgebracht! Muss jetzt alles verloren gehen?"

„Keine Angst, ich habe ein gutes Gedächtnis. Wenn auch kein halb so gutes wie unser Kaiser. Aber er ist ja auch ein Meister der Mnemotechnik."

„Mnemo ... was?"

„Psst!", zischte Stilio mit einem strafenden Blick. „Augustus spricht!"

Der Kaiser winkte ab. „Tut euch keinen Zwang an. Ich bitte nur noch um einen Augenblick der Aufmerksamkeit, dann können wir zum heiteren Teil des Abends übergehen."

Aufmerksamkeit erheischte in der Tat die Überreichung der Geschenke, die sehr kostbar ausfielen. Jedem von uns hatte der Kaiser eine seltene Kopie eines literarischen Klassikers zugedacht, von Homer über Plutarch bis zu Horaz, Vergil und Catull. „Cicero, hat der denn auch Gedichte geschrieben?", fragte Octilia ihren Gatten und wiegte etwas ratlos ihr Buchgeschenk in den Händen. Stilio tauschte, ohne lange zu fragen, seinen Ovid gegen den Lukrez aus, den sein Freund erhalten hatte. „So was verstehst du sowieso nicht, *Pupulus*. Sei versichert, mit der *Ars amatoria* ist mein Dummerchen besser dran."

Der derart Beraubte verzog das Gesicht, und aus seiner roten Frisur sprühten Funken. Beide hätten sich in ein heftiges Streitgespräch gestürzt, wenn der Kaiser nicht seine Hand gehoben hätte. „Ich hoffe, ihr seid alle zufrieden, und an Wein und Leckerbissen soll es auch nicht fehlen. Meine Mutter, die ehrwürdige Augusta, und ich wollten euch eine kleine Freude machen und haben daher eine Pantomime vorbereitet."

Harfen und Zimbeln erklangen, und die Mimen schwebten herein. Einiges ging über meinen Horizont, aber es wurde uns doch generell Mythologisches geboten. Echo klagte um Narziss, Aktäon wurde vor unseren Augen von seinen Hunden zerrissen, Orpheus von den Mänaden. Ein junger Schauspieler trug begeistert die entsprechenden Texte aus Ovids „Metamorphosen" vor. Höhepunkt war eine sich vor Apoll rettende Daphne, die feierlich ihre sich in Äste verwandelnde grünseidene Arme emporstreckte. Dumme Gans, dachte ich, während ich Beifall spendete, wie kann man sich nur so zieren, wenn sich ein flotter junger Gott für einen interessiert?

„Recht hübsch", urteilte der Gouverneur, und seine Gattin schüttelte ihre Löckchen. „Entzückend! Mein Herz setzt aus, so ergreifend ist das. Diese schönen Kostüme, und diese Grazie! Nein, wie machen die das bloß?"

„Sind halt Professionelle", meinte der Rotgelockte und zupfte an seinen Augenwimpern. „Aber wenn wir ein bisschen üben täten, könnten wir das auch."

„Als spinnende Arachne würde ich dich gerne sehen", konnte sich Mammaea nicht enthalten, einzuwerfen.

„Bitte?" Der junge Mann war verdutzt, dann wurde die Platte mit den Hummerschwänzen an ihn herangetragen, und er langte gierig zu.

Satt wurde keiner von uns an diesem Abend, aber man geht ja nicht zu einem kaiserlichen Philosophen, um sich den Bauch vollzuschlagen. Da den Hummerschwänzen keine Schlemmergenüsse von Belang folgten, begann man sich so diskret wie möglich zu verabschieden. „Ich muss mich gleich in meinen Cicero vertiefen", hauchte Octilia. „Diese Größe des Geistes – das duldet keinen Aufschub."

Ihr Gatte schob sich noch schnell ein Käsehäppchen zwischen die wuchtigen Zähne. „Morgen früh passier ich die Truppen Revue. Wir wollen uns schließlich nicht blamieren, wenn sie an Neujahr den Eid auf ihren Kaiser erneuern."

„Vielleicht kommen wir zuschauen", sagte Encolpius. Und, zu dem Freundespaar: „Kommt ihr beide auch?"

Der Jüngere schaute dumm, sein philosophischer Gefährte zuckte lässig die Achseln. „Zuerst in die Thermen, dann zum Ferkelopfer in den Faunus-Tempel, dann vielleicht eine Schlittenfahrt, um sich von all der Mühe zu erholen. Ich wünsche eine gesegnete Nachtruhe."

„Ja", brummte ich, „wir müssen erstmal schauen, dass wir bei dem Wetter nach Hause kommen. Bist du soweit, Encolpius?"

Encolpius wollte mir folgen, da wurde er von der Kaiserinmutter aufgehalten, die in schillerndem Kobaltblau emporrauschte. „Ich habe noch ein Geschenk für dich, Encolpius. Wenn du einen Moment mitkommst, kannst du es gleich mitnehmen."

„Ein Geschenk?", stammelte Encolpius verdattert.

„Ja, warum nicht? Es ist doch allmählich Zeit, dass wir diese unsinnige alte Feindschaft begraben. Oder hältst du mich für Medusa persönlich?"

Encolpius konnte schlecht nein sagen. Unsicher wandte er sich zu mir: „Geh schon mal nach der Sänfte schauen. Ich komme gleich."

Wir bedankten uns bei Severus, ich schlürfte zum Eingang, Encolpius folgte der Augusta in ihre Gemächer. Sehr wohl war mir nicht bei der Sache. Er hatte die Kaiserin doch immer als wahre Harpye beschrieben, und jetzt diese honigsüße Freundlichkeit …

Es ließ mir keine Ruhe. Nachdem ich mich vergewissert hatte, dass die Sänfte im Schneegestöber auf uns wartete, ging ich eilig in den Palast zurück. Die Wache ließ mich passieren, Didiana, Mammaeas Hofdame, wich mit einem irritierten Blick vor mir zurück. Durch die halb offen stehende Tür sah ich die beiden in der Mitte des Raumes mit Weinkelchen in den Händen einander gegenüber stehen.

„Entschuldigt vielmals", sagte ich. „Aber wir müssen wirklich aufbrechen. Das Schneetreiben wird immer schlimmer. Hörst du, Encolpius …?"

„Gleich, meine Liebe", säuselte Mammaea. Dann sah sie Encolpius gerade an und hob ihren Kelch. „Du wirst dich doch nicht weigern, auf das Wohl des Kaisers anzustoßen? Es ist ein vorzüglicher Albaner, siebzehn Jahre im Fass gelagert."

„Auf den Kaiser und auf die erhabene Augusta", versetzte Encolpius, setzte seinen Becher an die Lippen und trank. Mein Unbehagen wuchs. Noch ehe er den Becher leeren konnte, fasste ich Encolpius am Ärmel und sagte: „Gut so. Aber das genügt jetzt. Du hast schon viel zu viel getrunken. Entschuldige, Augusta. Wir müssen jetzt wirklich nach Haus."

*

„Hast du ihren lauernden Blick gesehen?"

„Ja. Es ging mir eiskalt durch Mark und Bein." Entschlossen schubste ich den mit täppischen Schritten Hinauswankenden in die Sänfte und rief den Sklaven zu: „Nach Haus, so schnell wie möglich!"

Durch Windböen, in denen messerscharfe Schneekörner wirbelten, arbeiten wir uns über Mogontiacums glitschige und zum Teil vereiste Straßen. Wie ein böser Traum torkelten hin und wieder geisterhafte Gestalten mit Satyrkostümen, rußverschmierten Gesichtern und dem bedrohlich klingenden Ruf „Io Saturnalia" vorbei. „Was hat sie dir geschenkt?", flüsterte ich Encolpius in der Dunkelheit zu.

„Eine *capsa,* eine … schön verzierte Schriftrolle für meinen Pa-papyrus."

An einem Tempel blakten Fackeln, und ich starrte Encolpius in dem flackernden Licht an.

Seine Augen waren verdreht, und über sein absonderlich verzerrtes Gesicht tropfte Schweiß. Entsetzt rief ich: „Was ist mit dir?"

„Ni-nichts. Es geht schon."

Ein Zucken ging über seine immer gräulicher verzerrten Züge, und er brachte kein klares Wort mehr hervor. Ich lehnte mich hinaus und herrschte die Träger an: „Schneller, ihr Tölpel, dem Herrn geht es schlecht. Schneller, sage ich."

In der schwankenden Sänfte versuchte ich, mit einem Tuch den Schweiß von Encolpius' Stirn zu wischen, aber er stieß mich wild um sich schlagend zurück. Mein Entsetzen wurde zum Grauen.

Schaum kam über seine Lippen, und das Zucken war jetzt konvulsivisch. Als wir vor dem Haus anlangten, war er seiner Sinne nicht mehr mächtig und nicht fähig, auf den Beinen stehen. Silenus und Alaricus mussten ihn hineintragen. Er konnte nur noch lallen: „Die verfff-luchte Hexe - sie hat mich vergiftet."

Vierter Teil

Tanzen muss ich, dauernd tanzen. Die Faune umhüpfen mich, schwingen ihre Thyrsosstäbe, auf denen bedrohlich weiße Pferdeschädel klappern, und reißen mich unerbittlich in ihren mänadischen Rhythmus. Trompetenklang und der obsessive Schrei „Io, Io!" dröhnen in meinen Ohren. Dann höre ich: „Rache, Rache, Blut!", und ich sehe, wie Elagabals grell geschminkte Dirnenfratze sich höhnisch nach den Mithras-Jüngern umsieht, die ihm mit blutverschmierten Gesichtern Beile schwingend hinterherrennen. Wohin laufen sie, wohin zerren sie mich in ihrem dämonischen Tanz?

Zu der Weltesche, die ihre Äste wie ausgemergelte Arme emporreckt. Ein riesiges Eichhörnchen klettert an dem Stamm empor und bleckt gewaltige Schneidezähne nach dem oberen Ast, an dem ein Mann mit einem Speer in der Seite hängt. Der Mann, der wie eine Papierpuppe auf und ab pendelt, ist nicht der Herr der Götter, Allvater Odin. Es ist der Herr der Römer, Caesar Augustus Severus Alexander.

Ich schrecke hoch, schlage um mich, gurgele meine Angst und mein Entsetzen heraus. Weiche Frauenhände drücken mich nieder, ich sinke in die Kissen zurück, und schon muss ich weitertanzen, tanzen, immer nur tanzen. Ich wirbele in einem pausenlos kreisenden Bluttaumel, Tag und Nacht. Feuer regnet vom Himmel, die Lohe versengt mich, bis mir die Haut wie Schorf von den Knochen fällt. Sporadisch tauche ich auf, starre in die Dunkelheit, ohne irgendetwas zu erkennen, dann tauche ich wieder unter, in den Bluttaumel. Und tanze, tanze, tanze.

Neun Tage, so sagt man mir später, schwebe ich zwischen Leben und Tod. Krämpfe, die meinen Leib in Stücke reißen und ihn wie einen nassen Lappen schütteln, pressen alles aus ihm heraus, was an Schleim und Galle in ihm ist. Ich weiß nicht, was mir Alexanders Leibarzt, der täglich vorbeischaut, einflößt, aber es hat mich am Leben gehalten und, wenn auch nach zähen Kämpfen und bangem Ausharren, den Giftdämon aus meinem gepeinigten Körper vertrieben.

Gerettet hat mich aber in erster Linie Aelia, die verhinderte, dass ich Mammaeas Becher ganz austrank. In all den furchtbaren Tagen und Nächten weicht sie nicht von meiner Seite. In dieser aufopfernden Pflege und Fürsorge drückt sich die ganze Anhänglichkeit einer Frau aus, die entschlossen ist, sich den Mann ihrer Liebe nicht entreißen zu lassen. Dann, als sie einmal mehr mir die Schweißbäche abwischt und die Laken wechselt, flüstere ich erschöpft: „Deipyle kann mir ja ... ihren Beerenbrei machen ...“

Aelia schüttelt das Kissen auf und drückt sanft meinen Kopf nieder. „Oh, Deipyle ist nicht mehr da.“

„Was?“

„Du weißt doch, wie sie sich nach einem wärmeren Klima sehnte. Ein reicher Ölhändler, der mit seinem Schiff hier war, hat sich für sie und den Jungen interessiert, er will sie mit nach Italien nehmen. Denk dir, er hat mir zwanzigtausend Sesterzen für die beiden gegeben.“

„Aber ... aber, Deipyle hat mir immer treu gedient.“

Hilflos zappeln meine Hände auf der Bettdecke, die Aelia mit resoluter Munterkeit glattstreicht.

„Du hättest mich fragen können“, schmolle ich.

„Wir können das Geld gut gebrauchen. Und sie war vorlaut und frech. Jetzt denk nicht mehr daran. Ich bring dir den Brei, schön süß mit Honig und Birnenschnitzen.“

*

Allmählich weicht das Fieber und macht einer schleichenden Müdigkeit Platz, die noch lange von rasendem Kopfschmerz begleitet ist. Ich kann mühsam löffelweise Brei und Fleischbrühe schlucken und Wasser trinken, Amphoren voll Wasser. Cyane presst mir mit Zitronenwasser getränkte Wickel auf die Stirn und lässt etwas auf der Bettdecke zurück. Ich taste danach, bekomme es aber erst beim zweiten Anlauf zu fassen. Etwas wie ein Katzenfell kitzelt meine Finger. Weidenkätzchen, weich wie eine Liebkosung. Während ich sie streichele, grübele ich darüber nach, ohne auf einen grünen Zweig zu kommen. Weidekätzchen, jetzt im Winter? Sind die etwa noch vom letzten Frühjahr übrig geblieben?

Durch die Stille, die wie schwere Tücher über meinem Bett hängt, dringt plötzlich Hörnerruf. Ich lausche hinaus und wispere: „Zieht der Kaiser in den Krieg?"

„Krieg, woher denn?", antwortet Aelia mit einem nachsichtigen Lächeln. „Ich nehme an, er geht auf die Jagd. Er hat gesagt, er wird bald einmal vorbeikommen. Sobald es dir besser geht."

„Mir geht es doch wunderbar."

„Jaja, gewiss doch. Du bist bald wieder auf der Höhe. Ich denke, ich gehe zum Aeskulap-Tempel und opfere eine Taube, zum Dank, dass es dir so gut geht. Auf dem Rückweg bringe ich ein Hähnchen mit. Hähnchen mit Erbsen, das wird dir doch wohl schmecken, nicht wahr, mein Bärchen?"

„Ja, gerne. Deipyle hatte dafür ein phantastisches Rezept. Aber ..."

„Aber meins wird dir auch behagen. Bis später, Brummbärchen."

Sie geht, und ich wiege grübelnd den Weidenkätzchenzweig in meinen Händen.

Aelia Lepida, Mogontiacum, Februar 988

So stolz wie vor ein paar Monaten sind sie nicht mehr. Damals zogen sie wie Götter in die Stadt ein, jetzt kommen sie als Bettler und Hungerleider zurück.

Der Winter war hart für die Sueben. Ihre Vorräte gingen zu Neige, Jagd und Beutezüge scheinen auch nicht viel gebracht zu haben. In ihrem elenden Zustand suchen sie jetzt ihre abgemagerten

Tiere und Sklaven zu verkaufen, aber wer will die schon? Beinahe flehend halten die Frauen den verwöhnten Römerinnen ihren Holz- und Glasschmuck hin; mürrisch steht Thusmarich, nur mehr ein Schatten seiner selbst, herum und drängt unwilligen Passanten seine Dolche auf. Latein hat er noch immer nicht gelernt, und angesichts mangelnden Erfolgs wird seine Zeichensprache immer kraftloser.

Unser Kaiser jedoch lässt keinen in der Kälte stehen. Kein Zweifel, er wird Ingimer und seine abgewrackte Sippe bewirten, und er wird ihnen ein paar ihrer spindeldürren Sklaven und Kühe abkaufen. Wieder einmal wird er in die Tasche greifen, wieder einmal wird seine Mutter ihm vorhalten, dass er sein Geld zum Fenster hinauswirft.

Dies soll aber nicht meine Sorge sein. Mit einer Pferdesalbe und einem Körbchen Sanddorn zum Marmeladekochen kehre ich nach Hause zurück: Beides wird meinem Lucius gut tun.

Ich finde den Philosophen Stilio und seinen „Pupulus" am Krankenbett. Sie ärgern sich über die Barbaren, die, einst dreist und arrogant, nunmehr angeschlichen kommen und um Almosen heischen. Der rothaarige Jüngling bebt voller Abscheu. „Zuerst verhauen sie uns im Teutoburger Wald, dann erscheinen sie ungebeten und glauben noch, man würde sie mit offenen Armen aufnehmen. Eine solche Unverschämtheit, es ist nicht zu glauben!"

„Der Kaiser weist keinen Bittsteller ab", stellt Encolpius lakonisch fest.

Stilio meint: „Man sollte die Grenzen sperren, ein für alle Mal. Und man sollte bedenken: Wenn das Boot voll ist, säuft es ab, und mit ihm alle, die drin sitzen."

„Du hast wieder einmal den Nagel auf den Kopf getroffen", säuselt Pupulus, und Stilio streicht ihm liebevoll über die Wange. Dann sagt dieser: „Eigentlich wollten wir dich zu einer Fahrt ins Grüne abholen, Encolpius. Aber du bist wohl noch zu schwach dazu."

„Ja, und der Schnee?", murmelt Encolpius verständnislos.

„Welcher Schnee?", wundert sich Pupulus. „Die Lerchen steigen, die Zugvögel kehren zurück. Wer möchte da Trübsal blasen und in der überheizten Stube hocken?"

Ich sehe, es ist Zeit, einzugreifen. „Ihr meint es gut, aber Encolpius ist doch noch etwas angegriffen. Er hat sich jedenfalls sehr über euren Besuch gefreut."

„Wir uns auch", sagt Stilio und wendet sich zum Gehen. „Und, damit sich deine Geister beleben, hier hast du etwas Lektüre, Encolpius."

Er lässt zwei Bücher zurück, „Das Symposium" von Plato und „Über die Natur der Dinge" von Lukrez.

Ehe sich Encolpius darauf stürzen kann, entziehe ich ihm die Rollen mit sanfter Hand. „Solang du noch Fieber hast, ist es besser, du lässt das einstweilen beiseite. Ich kann dir ja vorlesen."

„Kannst du denn Griechisch?"

„Das zweite Buch scheint mir ganz interessant zu sein, und das ist ja Latein." Die Rolle entfaltend, nehme ich am Bett Platz. „Und wer so viel wie ich im Küchengarten herumwuselt, der wird ja wohl mit diesem Kräuterschmöker zurechtkommen."

*

Der nächste Besucher war der Kaiser in Person. In einem einfachen Reisemantel, noch mit Straßenschlamm bespritzt (hatte er den Weg etwa zu Fuß gemacht?) setzte er sich formlos auf das

Bett. Er nahm Encolpius' Hände in seine und schaute ihn aus seinen Kinderaugen an. „Lieber alter Freund, was haben wir um dich gebangt! Aber jetzt bist du über den Berg, nicht wahr?"

„Oh, ich könnte Bäume ausreißen", sagte Encolpius.

„Das lass mal lieber bleiben, bis du wieder auf deinen Beinen stehen kannst." Severus lachte. „Die Augusta schickt dir ihre besten Grüße und Genesungswünsche."

„Wie lieb von der Augusta", sagte Encolpius.

„Nicht wahr? Sie ist in letzter Zeit sehr niedergeschlagen, aber uns alle drückt der Winter aufs Gemüt. Du fehlst uns sehr im Palast, aber hier bist du ja bestens aufgehoben, bei unserer teuren Aelia Lepida." Er hob den Arm, ich öffnete meine Hand, und er ließ etwas hineinfallen, was wie ein gut gefüllter Geldbeutel aussah. „Für deine unsägliche Mühe, und ich hoffe, du schaust weiter so exemplarisch nach unserem Kranken", sagte der Kaiser. Er wandte sich wieder zu Encolpius: „Die Memoiren ruhen, aber das ist auch gut so. Und ich habe mir etwas ausgedacht ..."

Er hob seinen Zeigefinger, und sein Adjutant Vulpius Secundus kam in Begleitung eines schmächtigen halbwüchsigen Knaben, der mit einer brokatgesäumten gelben Tunika und kunstvoll geschnürten Schuhen angetan war. Der Kaiser winkte, schüchtern kam der Junge näher. „Ein Brite, der in seiner Heimat eine vorbildliche Erziehung genoss, bevor er von den Germanen als Sklave erbeutet wurde", erklärte der Kaiser. „Ich habe ihn gekauft und will ihn dir schenken, Encolpius."

Ehe Encolpius noch den Mund aufmachen konnte, kam ihm Severus zuvor: „Er kann Griechisch und Latein, kennt seine Klassiker und kann dir vorlesen. Und er hat eine sehr schöne Handschrift, nicht wahr, mein Junge?"

Der Kaiser fuhr dem Knaben, der demütig den Kopf neigte, über das flachsblonde Haar und fuhr fort: „Zum Beispiel würde ich vorschlagen, dass er die Reinschrift der Memoiren an deiner Stelle übernimmt."

Encolpius stammelte: „Ich muss das erstmal ordnen. Es ist ein ziemliches Durcheinander, noch kein zusammenhängendes Ganzes. Oh, das ist natürlich allein meine Schuld, *Sewaste*. Ich wollte mitnichten andeuten …"

„Selbstverständlich", wehrte der Kaiser ab. „Ihr könnt das beide in Italien machen. Bis dahin wird der Junge ja wohl deine Krakelfüße entziffern können."

„Italien?", staunte Encolpius. „Aber der Schnee?"

„Was für ein Schnee, Encolpius? Die Schneeglöckchen stoßen, die Vögel bauen ihre Nester. Wann meinst du, beste Lepida, wird wohl der letzte Schnee geschmolzen sein?"

„Es kann nicht mehr lange dauern", sagte ich im geduldigen Ton einer Schulmeisterin, mich sowohl an den zuversichtlichen Gast wie auch an meinen begriffsstutzigen Lucius wendend. „Du beabsichtigst also, nach Rom zurückzukehren, erhabener Augustus?"

„Ich beabsichtige nicht, ich werde. Viel zu lange haben wir unser Zeit in diesen kalten Zonen vergeudet. Ich muss nach dem Rechten sehen, ich muss heiraten, ich muss meine lieben Italiener an mein Herz drücken, muss die Mandelbäume blühen sehen …" In seiner Begeisterung war er nicht mehr zu halten. „Unsere Heimkehr wird einem Triumphzug gleichen. Ich will unterwegs berühmte Städte wie Divodorum Mediomatricum und Lutetia sehen, will in Andesina Halt machen und mir Rat holen bei Apollo Grannus, dessen Heiligtum bereits mein Vater Antoninus Bassianus aufsuchte."

„Und das Herr marschiert mit?", flocht Encolpius ein.

„Zu einem großen Teil, ja. Aber fürchte nicht, natürlich werde ich den Limes nicht ungeschützt lassen. Den Alamannen habe ich gestatttet, im Nahetal zu siedeln, dort haben sie ausreichend Weideland für ihr Vieh und werden uns nicht weiter behelligen. Maximinus, den man den Thraker nennt, rückt heran mit neuen Truppen, die er ausgebildet hat. Sie sollen die Garnison verstärken, während wir uns auf den Weg nach Italien machen."

„Italien …", sann Encolpius mit verträumten Augen, und ich ließ die beiden Schwärmer allein.

Encolpius, Mogontiacum, Februar 988

Maximinus Thrax? Ach ja, der furchtbare Muskelprotz, vor dem man nur erschaudern kann. Septimius Severus förderte ihn, weil er imstande war, im Ringkampf sechzehn seiner stärksten Soldaten in den Sand zu werfen, und dann noch die Kraft hatte, im Laufen mit dem ihm zur Seite auf seinem Pferd trabenden Kaiser Schritt zu halten.

Anscheinend fand Elagabal das so amüsant, dass er den Herkules aufforderte, eine seiner Hetären im Ringen zu besiegen. Empört zog sich Maximinus auf seine Güter in Thrakien zurück und trat erst wieder unter Alexander in die Dienste der Severer.

Mein Kaiser vertraut ihm die knochenhart gedrillten, kampfbegierigen jungen Männer seines Heers an. Ich hoffe nur, das wird keine bösen Konsequenzen haben.

Ich schlafe jetzt besser. Es regnet kein Feuer mehr vom Himmel, die Faune, Mithras-Jünger und Pferdeschädel hören auf, mich zu verfolgen. Nur einmal schrecke ich hoch, als ich Johlen und Peitschenknallen höre. Es sind die in Ziegenhäute gehüllten Priester des Faunus, die mit ihren Fellriemen nach schwangeren Frauen schlagen. Die Frauen lachen, denn an den Lupercalien kann das nur Glück bringen. Die Lupercalien, sind wir wirklich schon an den Iden des Februars? Und ist wirklich schon Frühling?

Benommen rappele ich mich hoch. Nachdem mich Silenus ausgiebig mit Pferdesalbe eingerieben hat, helfen er und Alaricus mir in den Garten. Die Bäume knospen, und zwischen Krokus und Schneeglöckchen taumelt eine unternehmenslustige Hummel. Die Luft ist wunderbar belebend, ich atmete sie in tiefen Zügen ein.

Nachher liest mir mein neuer Sklave aus Plato und Mark Aurel vor. Er hat nicht nur eine schöne Schrift, sondern auch eine wohlklingende Stimme. Da sein Name unaussprechlich ist, nenne ich ihn Euphemos. Der gelehrige kleine Kerl bringt es sogar fertig, meine wüsten Notizen zu Alexanders Erinnerungen zu entziffern.

Aber der Imperator drängt nicht. Mit der endgültigen Nieder-
schrift können wir beide uns ruhig Zeit lassen.

Aelia lässt weiteren Besuch herein. Es ist Boudica. Ich schicke Euphemos hinaus und bedeute ihr, Platz zu nehmen. In ihrem Korb
leuchtet es violett, und in diesen Veilchenkranz hat sie goldgelbes
Mandelgebäck gebettet.

Ich bewundere zuerst die Veilchen, dann den Kuchen. „Ich sehe,
dein Sertorius bäckt immer noch fleißig."

„Ja, er kann's nicht lassen. Lang zu, du musst wieder zu Kräften
kommen."

Ich mampfe, aber mein Appetit ist nicht mehr wie früher, und so
schiebe ich den Korb nach ein paar Bissen zurück. „Den Rest überlassen wir Euphemos. Der Arme ist bei den Germanen nicht gerade verwöhnt worden."

Boudica nickt und schüttelt mir ein paar Krumen vom Hemd. Mir
fällt etwas ein. Ich frage: „Und Gunnlöda, was macht die?"

„Die ist wie vom Erdboden verschluckt. Seit Neujahr hat sie niemand gesehen. Ich nehme an, sie ist hinter den Limes, irgendwo-
hin wo sie ihre Götter verehren kann."

„Nun ja, ist vielleicht besser so." Bedächtig lecke ich meine Finger und brumme: „Für alle."

Wir schweigen eine Weile. Boudica schaut zerstreut vor sich hin. Ihr Gesicht, das etwas runder geworden ist, spiegelt die Ruhe absoluten Friedens. Ich sehe sie an und meine: „Und du bist zufrieden? Ja, man sieht es, da braucht man nicht lange zu fragen."

„Zufriedenheit", sagt sie, „ist eine Frage der Einstellung. Wenn man überzeugt ist, dass man glücklich ist, ist man es auch."

„Du tust dem Kaiser gut. Es ist eine große Beruhigung, ihn an deiner Seite zu wissen. Du bist ein Geschenk für ihn."

„Und er für mich", sagt sie. Ich könnte ihr noch viele Fragen stellen, aber es sind Dinge, die mich nichts angehen. So begnügen wir uns, solange sie an meinem Bett sitzt, vor uns hinzuschweigen und in den Frühling hinauszusehen.

Severus Alexander, Mogontiacum, März 988

Die Nachricht hat mich ein Keulenhieb getroffen: Den Thraker Maximinus haben seine Leute zum Kaiser ausgerufen. Dem Boten, der auf abgehetztem Pferd hereinstürmte, folgte auf dem Fuß ein zweiter: Maximinus marschiert gen Mogontiacum, nicht um mir Verstärkung zu bringen, sondern um mich zu stürzen!

Ich eile ins Kastell. Trebonius macht ein Gesicht, als habe er in eine Zitrone gebissen. Er drängt mich auf die Rednertribüne. Vor mir ein Wall aus eisernen Schilden und stählernen Blicken. Ich erhebe meine Stimme.

„Männer, Soldaten! Die Stunde ist ernst. Wie man mir meldet, naht sich uns Maximinus Thrax mit seinen Rekruten. Ein einfacher *praefectus tironibus,* dem sein Waffenruhm zu Kopf gestiegen ist. Es sieht so aus, als habe er die Absicht, mich zu stürzen und sich selbst zum Kaiser zu erheben. Männer, Soldaten, mehr denn je brauche ich eure Hilfe. Darum frage ich jeden einzelnen von euch: Steht ihr hinter mir?"

Niemand antwortet. Ich starre in das stählerne Meer, und mir ist, als schwanke die *Rostra* unter mir. Ich versuche es nochmals, diesmal lauter: „Wenn ihr dagegen etwas zu sagen hat, dann tut es gleich, denn ich war immer bereit, euch mein Ohr zu leihen."

Der Schilderwall geht hoch, mit Mühe mache ich in dem Stimmengewirr einzelne Stimmen aus.

„Willst du dich dem Thraker in offener Schlacht stellen?"

„Wurde auch Zeit, dass du eine Entscheidung triffst. Seit Monaten treten wir hier im Schlamm, und den Germanen schenkst du Gold und fette Weiden, wo sie ihr Vieh weiden können."

„Nemaninga hast du in Schutt und Asche hinterlassen. Soll es so allen Garnisonen am Limes ergehen?"

„Unsere Kameraden haben in Persien reiche Beute gemacht. Wir harren hier in Schnee und Eis aus und flicken unser Schuhzeug."

„Maximinus ist freigiebig. Seine Soldaten haben alles, was sie wollen. Aber du hältst dein Gold beisammen, du und deine knickrige Mutter."

„Ein Kaiser, der sich hinter einem Weiberrock versteckt! Wenn das keine Schande ist!"

Schärfer als der Märzwind schlägt mir die Verachtung der Legionäre entgegen. Ein Imperator, der zum Gespött seiner Soldaten geworden ist, soweit ist es gekommen. Ich klammere mich an die *Rostra*, lasse verzweifelte Blicke über die wogende Soldateska schweifen. Keine Stimme, die sich für mich ausspricht. Unter mir zischt Trebonius: „Versprich ihnen Beute, versprich ihnen Lohn. Schnell, sonst bist du verloren!"

Ich wachse empor, ich schreie hinab: „Seit dreizehn Jahre bin ich euer Kaiser. War ich nicht immer für euch da? Ich habe an eurer Seite gekämpft, ich habe euch zu Ruhm und Ehre geführt. Ihr habt eure tägliche Ration, ihr habt warme Kleidung und geheizte Quartiere. Was wollt ihr mehr?"

„Eine Sonderschenkung!"

„Kriegsbeute!"

„Weiber!"

„Wein!"

„Sklaven!"

„Pferde!"

Ich hebe meinen Arm. Bemüht, meine Stimme in die Gewalt zu bekommen, stoße ich hervor: „Ihr sollt alles haben, aber ich muss sicher sein, dass ihr hinter mir steht und mir nicht wieder in den Rücken fallt. Ein Imperator muss sich auf seine Soldaten verlassen können."

„Und die Soldaten müssen sich auf ihren Kaiser verlassen können."

„Die Soldaten müssen kämpfen."

„Die Soldaten gehören in die Schlacht, jawohl."

„Kameraden", rufe ich, noch lauter. „Kämpfen sollt ihr. Ich verspreche euch: Jeder, der sich mit mir schlägt, wird reich entlohnt werden. Wenn wir die Sache mit dem unverschämten Usurpator entschieden haben, kehre ich nach Rom zurück, mit meinen treuesten Waffengefährten. Die aber, die hier zurückbleiben, um die

Grenze zu bewachen, erhalten reichen Lohn: neue Ausrüstung, doppelte Wein- und Fleischrationen ... Schenkungen in Form von Bargeld ..."

Die Männer scheinen sich zu beruhigen. Die Rednertribüne hinabsteigend, falle ich beinahe in die Arme des Statthalters. Seine Miene ist undurchdringlich. Ich knurre ihn an: „Stell eine Elite der Zweiten und Dreizehnten Legion zusammen, mindestens zweitausend Mann, mit ausreichend Reiterei und Bogenschützen. Wir ziehen dem Thraker entgegen."

„Jetzt gleich? Es wird bald dunkel, Augustus."

„Dann morgen, in aller Früh."

*

Die *Exploratores*, die sich zur Erkundung der Lage Maximinus entgegenschickte, sind gar nicht erst zurückgekommen. Ob sie sich dem Usurpator angeschlossen haben? Aber letztlich spielt das jetzt auch keine Rolle mehr ... Während ich in den Palast zurückhetze, sammeln sich die besten meiner Männer auf dem Exerzierplatz. Was habe ich vor dem Thraker zu befürchten, solange die

Truppen hinter mir stehen? Und sie werden hinter mir stehen, es kann ja nicht anders sein.

Im Palast angekommen, unterrichte ich Mutter in kurzen Worten. „Am besten, du brichst gleich nach Italien auf. Oder gehst zumindest in die belgische Provinz, wo du in Sicherheit bist."

Mutter sieht mich gerade an und sagt: „Das kommt nicht in Frage. Ich bleibe bei dir."

„Nun sei doch vernünftig. Eine Frau gehört nicht in den Krieg."

„Niemand gehört in den Krieg. Wenigstens das habe ich gelernt. - Ich habe viele Fehler gemacht, aber der größte war wohl, dich zu Dingen zu zwingen, die du nicht wolltest."

„Du hast mich zu nichts gezwungen!" Ich schreie es beinahe. „Ich habe alles gerne und freiwillig getan. Und ich bin gerne Kaiser. Ich bin dazu geboren!"

Wieder schaut sie mich an, diesmal mit etwas, was bei ihr selten ist – mit Zärtlichkeit. „Und eben darum lass mich mit dir gegen den thrakischen Frechling ziehen. Wir haben immer alles gemeinsam geschafft. Daran soll sich in dieser Stunde nichts ändern. – Und jetzt, mein Sohn, lass uns zur Göttin Concordia beten, damit unsere Sache gut ausgehen möge."

*

Wir sagen unsere Gebete, dann macht sie sich reisefertig, und auch ich lasse meine Sachen packen.

Romulus, mein Leibsklave, gibt mir ein Zeichen. Boudica stürzt herein. Wir fallen uns in die Arme.

„Oh Liebster, Liebster, ist es wirklich wahr? Du ziehst in den Krieg?"

„Ich muss. Hab keine Angst. Es ist kein Krieg, nur ein taktisches Manöver, eine kleine Geduldsprobe. Wenn ich den Usurpator in die Knie gezwungen habe, komme ich zurück." Ich spüre, wie sie zittert, und drücke sie fest an mich. „Und dann gehen wir gemeinsam nach Italien, das verspreche ich dir."

„Aber du musst auf dich aufpassen, hörst du? Hier ..." Sie hängt mir ein Zinnamulett in Form eines sechsspeichigen Rades um den Hals. „Der mächtige Gott Mogon, unser Stammvater, wird dich beschützen."

Ich fahre ihr liebevoll durch das honigfarbene Haar, das wie kein zweites von unvergleichlicher Weichheit ist. „Aber ich schwöre dir bei der Concordia, mir wird nichts passieren. Bin ich doch fest gewillt, zu meiner Boudica zurückzukehren, die ich liebe wie nichts auf der Welt. Meine teure, meine zärtliche kleine Keltin ..."

Wir lieben uns wie nie zuvor, und sie ist so aufmerksam und hingebungsvoll, wie sie es noch nie war. Die Dunkelheit bricht ein. Ich beschwöre sie zu bleiben. Romulus bringt einen Imbiss und Rosenwein, aber in dieser Nacht denken wir nur an uns und unsere Liebe. Wir schlafen ein paar Stunden. Ein Signalhorn schallt durch die Dämmerung. Ich arbeite mich aus dem Bettzeug. „Schlafe, schlafe, mein Liebstes. Aurora steht am Himmel, aber wenn Hesperos seine Fackel dem Mond voranträgt, wird er den Sieg der gerechten Sache verkünden."

„Was nützen mir all deine Götter?", murmelt sie verschlafen. „Ich will nur, dass du zurückkommst, heil und gesund."

Ich versichere ihr nochmals, dass sie nichts zu befürchten hat, und ich dringe nochmals in sie, mit mir nach Rom zu kommen. Boudica verspricht, es sich zu überlegen. Ich trinke hastig den Rest des Rosenweins und stehe dann in meiner Uniform vor ihr. Romulus richtet mir den Harnisch und reicht mir den Helm. Schon stehen Vulpius Secundus und die übrigen Ordonnanzen an der Tür.

Ich sage zu Boudica: „Bleib hier im Palast. Hier bist du gut versorgt, und ich brauche dich nicht erst lange zu suchen, wenn ich zurück bin."

Sie sinkt matt in die Kissen zurück, und so scheiden wir.

An dem Schatten, der, kaum merklich, oben am Fenster auszumachen ist, erkenne ich, dass sie mir nachsieht. Ich winke ihr zu, dann recke ich den Kopf, dass der rote Helmbusch stolz in der Morgendämmerung strahlt. Durch den veilchenfarbenen Himmel ziehen purpurne Wolkenstreifen, und das ist ein gutes Zeichen. Zweitausend in Waffen, Helmen, Brustpanzern und Kettenhemden stehende stramme Legionäre sind bereit, mit mir zu ziehen. Die Stadtverwaltung, die Priesterschaft und die lokale Bevölkerung geben uns den Abschied. Publius Cunctus Trebonius salutiert unerschüttterlich. Obwohl ich ihn gebeten hatte, zieht er es vor, mich nicht zu begleiten: „Einer muss ja hier nach dem Rechten sehen." Umso besser, denn wer will schon so einen Griesgram an seiner Seite haben.

Die Fahnen fliegen, die Heeresstandarten flattern in der Luft. Mutter, die unter ihrer Tunika eine keltische Hose trägt, hat sich ohne ein Wort auf ihren Rappen geschwungen.

Dann steht plötzlich Encolpius vor mir. „Nimmst du mich, *Sewaste?"*

„Dich? Du hasst doch Kriegslärm wie die Pest, und du bist kaum von deiner Krankheit genesen."

„Mir ist es nie besser gegangen. Ich war immer an deiner Seite. Ich möchte es in dieser entscheidenden Stunde auch sein."

Ich zögere, dann sagt Mutter, die ihr Pferd bereits zum Forum lenkt, lakonisch: „Wenn er darauf besteht, dann nimm ihn mit."

Man bringt Encolpius ein Pferd, der fordert ein zweites für seinen Sklaven Euphemos, der - so sagt er - „noch einiges hinzulernen soll."

Sie steigen auf ihre Reittiere, ich knurre, halb unwillig, halb im Scherz: „Kann Aelia Lepida so lange ohne dich auskommen?"

„Ich habe gar nicht erst lange gefragt. Aber ich denke, sie wird froh sein, mich eine Weile los zu sein."

Encolpius, Villa Britannorum, März 988

Verblüffend, wie diese Frau auf ihrem Pferd sitzt, rittlings wie ein Mann. Eine Amazone, der man anmerkt, dass ihr Reiten nichts Neues ist. Als wir an einem Bach rasten, um unsere Reittiere trinken zu lassen, lenkt sie ihren Rappen zu mir hin. Ihre Augenlider, die eine dicke *Stibium*-Schicht violett färbt, sind gesenkt, und sie sagt in leisem, beiläufigem Ton: „Es tut mir leid, was dir zugestoßen ist. Es hätte nicht geschehen dürfen. Ich wollte dir nur sagen, dass du nichts von mir zu befürchten hast. Das Einzige, das zählt, ist der Kaiser."

„Das", sage ich, meine Hände um das Zaumzeug klammernd, „und das Wohl Roms waren und sind auch mein Hauptanliegen."

„Dann ist es ja gut." So als sei nichts gewesen, strafft sie sich und reitet davon. Ich blicke ihr nach. Diese Frau wird nicht aufhören, mich in Staunen zu versetzen. Darf ich ihr trauen? Nun, ich werde Distanz wahren und weiter auf der Hut sein. Dass man nicht dauernd in Angst und Schrecken zu sein braucht, ist jedenfalls schon viel wert.

Angst und Schrecken verbreitet unsere durchmarschierende Armee nicht, aber jeder, der die grimmigen Legionäre in ihren schimmernden Rüstungen vorbeistampfen sieht, muss zumindest in Ehrfurcht erstarren. Es geht in südlicher Richtung, am Rhein entlang, Borbetomagus entgegen. Die Weinberge am Fluss glitzern von Reif und Tau. Die Nüstern der Pferde stoßen Atemfahnen aus, die wie Nebel in der kalten, belebenden Luft hängen bleiben. Auf den Anhöhen stehen Wachposten, die uns mit hochgehaltenen Speeren grüßen. Der militärische Salut tut gut, er zeigt, dass Rom hinter seinem Kaiser steht.

Dann kommt allerdings eine Nachricht von Alexanders Spähern. Demnach haben die Truppen des Maximinus einen Rechtsschwenker gemacht und bewegen sich jetzt auf den Main zu. Will der Thraker etwa eine Frontalattacke vermeiden und beabsichtigt, uns zu umgehen und dann von hinten in die Zange zu nehmen?

Das ändert Alexanders Pläne. Er lässt uns nunmehr zum Main marschieren, obwohl der Durchzug durch viel schwierigeres Gelände geht. Durch Wälder und Hügel behindert, kommen wir nur langsam vorwärts. Obwohl ich mich nach meiner Krankheit noch ziemlich schwach fühle, halte ich verbissen mit. Nach ein paar Stunden erreichen wir eine größere Anhöhe. Da sich die Morgennebel gelichtet haben, geht die Sicht bis zum Zusammenfluss von Rhein und Main. Das Gebiet ist menschenleer bis auf einen Weiler, in dem britannische Siedler wohnen. Der Kaiser befiehlt, die Zelte aufzuschlagen.

Wieder zerbreche ich mir den Kopf über seine Taktik. Wir sind doch erst ein paar Stunden geritten. Braucht er Zeit, um sich einen Kriegsplan zurechtzulegen? Will er etwa Zeit gewinnen? Auch die Soldaten sind ratlos, führen aber unwillig murrend seine Befehle aus. Mammaea zieht sich in ihr Zelt zurück, das neben dem kaiserlichen mit seinem Adlerwappen und den matt im Wind baumelnden Troddeln steht. Ich vertrete mir etwas die Füße und zeige Euphemos die Gegend, die von ausgesprochener Schönheit ist. Nebel zögern noch über den Mischlaubwäldern, unten in der Ebene folgt der vom Eis befreite Main seinem ungestümen Lauf. Euphemos ist ganz aufgeregt, so neu und abenteuerlich ist alles für ihn. Auf seinem braven Braunen hält er sich ganz anständig, denn er ist von Kindesbeinen ans Reiten gewöhnt. Nur mit den wortkargen Briten ist er kaum ins Gespräch gekommen, da er seine Muttersprache fast ganz vergessen hat. Ich sage zu ihm: „Schau dir alles gut an und suche es in deinem Gedächtnis zu bewahren. Vielleicht, mein Junge, erleben wir hier ein Stück Weltgeschichte. Nur eins darfst du nicht glauben: dass Krieg ein Vergnügen ist. Krieg kann höchstens eine Notwendigkeit sein, ein schmutziges und blutiges Geschäft, mehr nicht."

*

Der Kaiser hat mich in sein Zelt gerufen: Er will mir einen Brief diktieren. Ich nehme auf einem Schemel Platz, Romulus bringt Papier, Feder und Tinte, und schon geht es los:

„Marcus Aurelius Severus Alexander Caesar Augustus an Gaius Julius Maximinus ... Meine brüderlichen Grüße an den tapferen Befehlshaber meines Heers ... Nun, schreibst du, Encolpius?"

„Ja, mein Herr."

„Mir ist zu Ohren gekommen, du reitest mir mit den neu gewonnenen und von dir ausgebildeten Truppen entgegen. Ich nehme an, dies geschieht, um mir Verstärkung zu bringen. Darauf vertraue ich fest, da ich weiß, dass du mir und dem Geschlecht der Severer stets treu gedient hast. Solltest du irgendwelche Wünsche oder Beanstandungen haben, so erwarte ich dich in der *Villa Britannorum* unweit der Rhein-Main-Mündung. Ich versichere dir, dass ich bemüht sein werde, auf deine Forderungen ... nein, schreibe: auf dein Begehr, welches es auch sein möge, einzugehen. In dieser Erwartung, teurer Maximinus, sehe ich in ... äh ... brüderlichem Geist ... einem fruchtbringenden Gespräch zwischen alten Waffengefährten entgegen ..."

Alexander lässt sich in seinen Sessel zurückfallen. Er ist grau im Gesicht und sieht regelrecht erschöpft aus. „Nun, ist es gut so, Encolpius?"

„Ich denke schon, *Sewaste*. Entgegenkommender kann man nicht sein."

„Wenn du es sagst." Ohne es noch einmal zu überfliegen, übergibt der Kaiser das Schreiben Vulpius Secundus. „Das soll schnellstens mit einem Boten zu Maximinus. Sind seine Truppen bereits in Sichtweite?"

„Nein, Herr. Aber das Schreiben geht unverzüglich auf den Weg."

Secundus eilt hinaus, der Kaiser weist Romulus an: „Bitte die Augusta zu mir. Wir wollen eine Kleinigkeit essen."

Mammaea erscheint und nimmt Platz. Da sie anscheinend annimmt, der Feldzug gehe gleich weiter, hat sie sich nicht eigens umgezogen. Es wird Rebhuhn mit Bohnen aufgetragen. Weil ich der Kaisermutter beinahe gegenübersitze, greife ich nur vorsichtig zu und nehme hauptsächlich vom Brot, ohne etwas zu trinken. Wir essen schweigend, auch Secundus und Hippolytos, die ihre Schwerter in die Ecke gestellt haben und mit uns am Tisch sitzen, werfen nur ab und zu eine Banalität ein.

Plötzlich sind draußen aufgeregte Stimmen zu hören. Alexander runzelt die Stirn. Sollte etwa schon Maximinus im Anzug sein?

Drei bewaffnete Offiziere stürzen herein. Sie zerren den Eilboten mit, der ein Schriftstück - Alexanders Brief - in den Händen hält.

Der erste der Offiziere, ein stämmiger, vierschrötiger Kerl, herrscht den Imperator an: „Was soll das? Du kriechst vor dem Thraker zu Kreuz anstatt ihm ordentlich was drauf zu geben?"

Die Stimmen kreuzen sich wie Schwertschneiden. Einer der Männer hat dem Boten den Brief aus den Händen gerissen und fuchtelt Alexander damit vor dem Gesicht herum. Der Kaiser, der aufgesprungen ist, bemüht sich um Schlichtung, die drei Offiziere (den kalkbleichen Boten dazwischen) brüllen durcheinander: „Das ist wieder einmal typisch: Du bietest Frieden statt Kampf an. Und du willst ein Kaiser sein?"

„Sind wir in dieses Kaff gekommen, um Lobeshymnen auf einen gotischen Usurpator zu singen?"

„Unsere Männer stehen kampfbereit, und du lässt sie wieder einmal im Stich."

„Du behauptest ein Sohn des Caracalla zu sein? Du bist nichts weiter als ein feiger Hund!"

Während sie auf in einreden, verharrt Alexander bleich und irgendwie hilflos. Kaum kommt seine Stimme gegen den dreifachen Aufruhr an: „Wir können über all das reden. Ich bitte euch nur, ruhig zu bleiben und mir zuhören." Einen Moment Zögern, dann: „Es ist nicht nötig, dass ihr im Beisein der Augusta eure Stimmen erhebt. Mutter, würdest du bitte hinausgehen."

Julia Mammae steht da, mit zusammengepressten Lippen, eine finstere, entschlossene Amazone. Sie sagt: „Das geht auch mich an. Ich bleibe."

Alexanders Augenlider flattern, dann sagt er heiser: „Aber mein Sekretär wird wohl nicht gebraucht. Encolpius, du kannst dich entfernen."

Ich zögere. Die Offiziere werfen mir lauernde und nicht sehr freundliche Blicke zu. Mammae sagt: „Er ist nur ein Schreiberling. Er wird hier nicht gebraucht."

Ich bin immer noch unschlüssig. Ich schaue den Kaiser an und hauche: „Bitte, *Kyrie*."

„Geh, habe ich gesagt", bescheidet mich Alexander barsch, und ich gehorche. Mein letzter Blick geht zu dem Kaiser, der mit Mammaea, Secundus und Romulus inmitten der ihn bedrohlich mit gezückten Schwertern umringenden Offiziere steht, dann stößt mich Hippolytos vor, und die Zeltplane fällt hinter uns zurück.

Draußen wütet ein wahres Chaos. Alles läuft und schreit durcheinander. Euphemos rennt uns entgegen und schreit: „Sie laufen alle weg!"

„Wohin?", stammele ich.

„Zu Maximinus", kommt es von Hippolytos, der mich am Arm fasst und grob fortschleppt. „Schnell, wir müssen weg!"

„Aber der Kaiser …"

„Wir können nichts mehr tun. Aber wir müssen fort, ehe es zu spät ist."

Wir schlagen uns durch die auseinanderstiebende uniformierte Masse, die in heillosem Durcheinander den Hügel hinuntertrampelt. Als wir bei unseren Pferden sind, erreicht uns ein Getöse, das wie ein einziger Schrei über das Lager fegt: „Der Kaiser, der Kaiser! Sie haben den Kaiser umgebracht!"

Encolpius, Mogontiacum, März 988

Hätte ich ihn retten können? War es nicht feige, nur an die eigene Haut zu denken und nicht an den, dem ich seit seinen Kindertagen so nahe stand wie kaum ein Zweiter? Stattdessen schickte er mich fort und bewahrte mich dadurch vor dem sicheren Verderben. Und seltsam: Selbst Julia Mammaea, die mich doch mit ihrem Hass verfolgte, rettete mir noch in ihren letzten Augenblicken das Leben ...

Diese Gedanken gingen mir während des Wahnsinnsritts am Main entlang durch den Kopf. Wie wir nach Mogontiacum zurückkamen, kann ich nicht sagen. Hippolytos ritt ohne Pause zum Palast weiter. Noch völlig im Bann des Geschehenen, sprangen Euphemos und ich bei Aelias Haus von unseren abgehetzten Pferden, deren sich der hurtig herbeigeeilte Alaricus annahm.

Aelia reagierte, anders als erwartet, gefasst auf das, was ich da herausstammelte.

„Müssen wir denn wirklich weg?"

„Als Vertrauensleute des Kaisers wird uns Maximinus nicht verschonen. Vielleicht liefert er die Stadt der Plünderung aus. Das möchte ich uns wirklich ersparen."

„Und wer kommt mit?"

„Nur du und ich. Cyane, Silenus, Euphemos. Und natürlich Alaricus auf dem Bock. Und vielleicht ...."

Mir fiel noch etwas ein. „Ich muss nochmal in den Palast. Bereite du alles vor, den Wagen, das allernötigste Gepäck. Ich bin so bald wie möglich zurück."

Ich wollte noch hinzufügen, dass, wenn ich nicht in einer Stunde zurück sein würde, sie sich allein auf den Weg machen sollte. Das verbiss ich mir aber, um sie nicht unnütz zu beunruhigen. Einem abgemagerten Kümmerling und einem blassen Halbwüchsigen würden sie wohl nichts tun.

In der Stadt herrschte helle Aufregung. Die wildesten Gerüchte schwirrten herum. Nur eins stand fest, wie mir der Prätorianer, der vor dem Palast Wache stand, versicherte: Alexander, seine Mutter, Vulpius Secundus und Romulus waren von den Meuterern niedergestochen worden, und alles wartete auf Maximinus.

Zuerst schaute ich beim Gouverneur vorbei. Er saß in seinem Arbeitszimmer und wühlte in Papieren.

„So ist es wirklich wahr?", sagte ich, als wüsste ich es nicht bereits. „Der Kaiser ist tot?"

„Der Kaiser? Welcher Kaiser? Roms Herrscher ist der erhabene Gaius Julius Verus Maximinus Pius Augustus."

„Und Severus?"

„Severus war unfähig, zu regieren. Er ist selber schuld an dem, was passiert ist." Trebonius warf mir von unten einen scheelen Blick zu. „Gibt es da etwas zu beanstanden?"

„Nein. Entschuldige, dass ich dich gestört habe."

In diesem Moment kam Octilia, des Präfekten Eheweib, hereingestürmt. Man vermeinte förmlich, ihre Armreife und selbst ihre knochigen Gliedmaßen schlottern zu hören, während sie wie ein aufgeschreckter Strauß durch das Zimmer flatterte. „Worauf wartest du noch, Trebonius?", schrie sie mit schriller Stimme. „Ganz Mogontiacum ist auf den Beinen. Du musst dich auf den Empfang vorbereiten."

„Ich bin vorbereitet. Meine liebe Octilia, jetzt beruhige dich erst einmal. Es gibt keinen Grund, sich aufzuregen."

„Keinen Grund, wenn in jedem Augenblick der göttliche Maximinus Augustus vor unserer Tür stehen kann? Mann, deine Ruhe möchte ich haben!"

Trebonius seufzte und neigte sein gramvolles greises Haupt. „Was habe ich den Göttern getan? Nicht nur, das ich beinahe mit diesem Schwächling untergegangen wäre, ich bin auch noch mit einer Frau geschlagen, die, wenn's darauf ankommt, komplett den Kopf verliert."

„Den Kopf verliert? Na hör mal …"

Da sie weiterzeterten, als sei ich nicht da, fand ich es für besser, mich zurückzuziehen. Euphemos auf den Fersen, eilte ich ins Obergeschoss. In Alexanders Bibliothek sah ich Stilio, der dabei war, die Bücherregale abzuräumen. Sein Freund Pupulus stand vor einem Spiegel und bewunderte sich in den Juwelen, die er aus Mammaeas Schmucksammlung geklaubt zu haben schien. Mir fielen zwei ungewöhnlich große Perlen auf, die ich nie gesehen hatte. Wahrscheinlich hatte sie die Augusta nur in der Stille ihrer Kammer herausgeholt, um sich heimlich an ihnen zu ergötzen.

„Was ist?", versetzte Pupulus trotzig. „Wenn wir die Sachen nicht sichern, machen sich die Männer des thrakischen Rebellen darüber her."

„Wobei ‚Rebell' ein relativer Begriff ist", sagte der Philosoph. „Hier kommt wieder einmal die Unberechenbarkeit der Fortuna zum Ausdruck. Der Mensch ist ein Spielball des Glücks, den Schicksalsmächten ohnmächtig ausgeliefert."

„Äh, ja. Sind noch persönliche Notizen des Imperators da?"

Stilio verschob verachtungsvoll seine hässliche Oberlippe. „Danach fragt doch keiner mehr. Wir haben das ganze Zeug ins Feuer geschmissen."

„Ach so. Dann lasst es euch weiter gut gehen. Komm, Euphemos."

Wir wandten uns nach links, zu den Privatgemächern. Sie saß auf Alexanders Bett, still, unbeweglich. Wenn sie geweint hatte, dann waren die Tränen bereits abgewischt. Aber ihr versteinertes Gesicht sagte genug.

„Du weißt es also bereits."

Sie hob den Kopf. Aus ihren beunruhigend grünen Augen, die tief in den Höhen lagen, sah sie an mir vorbei zum Fenster hin. „Es war zu schön. Es konnte nicht dauern."

Ich wand mich innerlich vor Unbehagen. Seltsam, wir Männer waren völlig kopflos, und die Frauen, die am meisten betroffen waren, blieben ruhig und gefasst. Ich schnüffelte, suchte nach Worten, wollte dann ihren Arm berühren, um ihr wenigstens so meine Anteilnahme auszudrücken.

Boudica zuckte zurück. Nach vorne gebeugt, mit den Armen aufgestützt, saß sie auf dem Bett und sah mich aus harten, beinahe feindseligen Augen an.

„Was wirst du jetzt tun?", flüsterte ich.

Sie schien einen Moment nachzudenken. Dann sagte sie, tonlos und ohne die geringste Regung: „Ich werde wohl Sertorius heiraten und weiter Brot verkaufen."

„Wir gehen nach Westen, vielleicht auch nach Italien. Wenn du willst, kannst du mit uns kommen."

„Ich bin in Mogontiacum zu Hause."

„Es kann nicht lange dauern, und die Soldateska des Usurpators wird über die Stadt herfallen."

„Wem ist etwas an einer kleinen keltischen Brötchenverkäuferin gelegen? Ich bin niemand von Bedeutung. Und ich fürchte mich nicht."

„Trotzdem solltest du eine Weile untertauchen. Und dir mein Angebot überlegen. Sertorius kann doch kein Ersatz für Alexander sein."

Es musste Vorwurf in meiner Stimme gelegen haben. Sie machte eine schnelle zornige Bewegung. Dann sank sie kraftlos zurück und sagte leise: „Was du sagst, ist Unsinn. Wie könnte ich Alexander vergessen, wo ich doch sein Kind gebären werde?"

Das verschlug mir die Sprache. Wie in einem Taumel wiegte ich mich hin und her und wusste nichts zu sagen. Boudica hatte den

Kopf gesenkt und saß bewegungslos auf dem Bett. Ich räusperte mich. „Wir brauchen noch etwa eine Stunde, bevor wir aufbrechen. Komme zu Aelia Lepida, wenn du deine Meinung ändern solltest."

Da sie nichts mehr sagte, wandte ich mich zum Gehen. Euphemos hielt mich zurück. „Castor und Pollux ..."

„Wie?"

„Die beiden Hunde. Kann ich sie mitnehmen, Herr?"

„Bist du von Sinnen? Sie würden uns nur behindern."

Euphemos flehte mich aus der Tiefe seiner nordisch-grauen Augen und seiner blassen Sommersprossen an: „Bitte, *Domine.*"

„Na gut, aber du musst dich um sie kümmern."

Überglücklich nahm Euphemos den einen Hund auf den Arm, ich musste wohl oder übel den zweiten tragen. Die beiden waren ganz still, als spürten sie, dass sie bei uns in guter Hut waren. Die Treppe hinuntereilend, wurden wir Zeugen der unterschiedlichsten Szenen: Während einige Soldaten oder Höflinge diskutierend beisammen saßen, waren andere geschäftig beim Plündern, die übrigen liefen bloß sinn- und kopflos hin und her. Ich sah Hippoylos inmitten ihn bedrängender Soldaten, aber ihn anzusprechen hätte nicht viel gebracht.

Geduckt erreichen wir das Erdgeschoss. Im Innenhof stand die Voliere offen, die verstörten Sittiche und Tauben flatterten herum und stießen gegen das Glasdach, ohne den Weg nach draußen zu finden. Vom Pfau war nichts zu sehen. Offensichtlich war er vor dem Chaos in die Freiheit entflohen.

Ich sagte zu Euphemos: „Wir lassen deinen Fuchs hier in den Ställen. Für die *Carruca* genügen zwei Pferde."

„Ja, und ich, Herr?"

„Ich nehme dich huckepack auf dem Apfelschimmel. Dich und die verflixten Köter."

So ritt Encolpius mit Hunden und Sklave aus dem fluchbeladenen Palast des Severus Alexander, während Mongontiacums Vögel vor den Trompeten des Maximinischen Heeres das Weite suchten.

Encolpius, Antium, Mai 1113

Unser Weg in die Zivilisation zurück war lang und beschwerlich. Die Einzelheiten möchte ich denen ersparen, die vielleicht diese Zeilen lesen. Um es kurz zu fassen: Zuerst ging es von Vinco am Rhein über die Heerstraße durch den fürchterlichen Hunsrück nach Augusta Treverorum. Über Mosel und Rhône erreichten wir Massilia, von wo wir uns nach Antium einschifften. Dort sind wir bis heute geblieben. Die Hauptstadt ist nah mit ihren Schrecken, aber auch den Schätzen der Bibliotheken, auf die ich ungern verzichten würde. Und bis Rom ist Maximinus nie gekommen, denn er residierte in Sirmium auf dem Balkan. Sein tyrannisches Regime hielt nur drei Jahre, war aber ausreichend für eine radikale Säuberung (sprich Dezimierung) der Ritter- und Senatorenklasse.

Trotz erfolgreicher Feldzüge gegen Germanen, Daker und Sarmaten machte sich der Bauernsohn aus Thrakien nicht beliebt. Da er seine Kriege aus dem Vermögen der Tempel und Munizipien finanzierte, ernannte der aufgebrachte Senat mehrere Gegenkaiser. Einer davon, Gordianus der Jüngere, wurde von Maximinus' Gefolgsmann Capellianus in einer blutigen Schlacht bei Karthago ge-schlagen und getötet, worauf sein Vater Gordianus der Ältere, der mit ihm regierte, sich selbst das Leben nahm.

Auch die beiden Gegenkaiser Pupienus und Balbinus sowie Ma-ximinus selber kamen gewaltsam um. Zum Kaiser wurde nun ein Enkel bzw. Neffe der Gordiane, der dreizehnjährige Gordianus III., ausgerufen. Dank der Tatkraft seines Mitregenten und Schwiegervaters Timesitheus vermochte sich der junge Imperator sechs Jahre lang zu halten. Allerdings war er gezwungen, gegen die Karpen und Goten ins Feld zu ziehen. Die Zusicherung der Goten, das Reich in Ruhe zu lassen, musste er mit einem jährli-chen Tribut bezahlen. Einen schwereren Stand hatte er mit den Persern: Schapur I., ihr neuer Großkönig, setzte zur Eroberung ganz Kleinasiens an und besiegte Gordianus III. am Euphrat. Gordianus fiel, sein Nachfolger, der Araber Philippus, hatte ge-rade noch Zeit, die tausend Jahre der Stadt Rom zu feiern, als er beim schier aussichtslosen Kampf gegen die einfallenden Goten, Karpen, Vandalen und Gepiden sein Leben verlor. Dasselbe Schicksal ereilte seine Nachfolger Decius, Gallus und Aemilianus.

Innerhalb von acht Jahren hatte Rom acht Kaiser gehabt, die alle ein gewaltsames Ende fanden. Ihr Verhängnis war, dass die herrschende Klasse sie kaum unterstützte, während sie sich in den Kämpfen mit den Barbaren aufrieben.

Die Barbaren kamen nun von allen Seiten. Die Berber verwüsteten Nordafrika, die Alamannen drangen bis in die Auvergne, die Franken bis nach Spanien vor. Die Raubzüge der Goten dehnten sich bis nach Dakien und Kleinasien aus.

Im Westen wurde der Druck der Germanen immer bedrohlicher. Am Limes fiel ein Kastell nach dem anderen, schließlich war Rom genötigt, sein gesamtes rechtsrheinisches Gebiet aufzugeben. Große Hoffnungen setzte man auf den neuen Imperator Valerianus. Nach einigen Anfangserfolgen verließ ihn allerdings sein Glück: Er wurde von Schapur vernichtend geschlagen und in Gefangenschaft genommen, in der er bis heute schmähliche Sklavendienste verrichten muss.

Ein römischer Kaiser, den ein persischer Potentat als Fußschemel benutzt, um auf sein Pferd zu steigen, so weit ist es mit Rom gekommen! Was bleibt uns Historikern angesichts dieser katastrophalen Lage noch anderes, als das Zeugnis vom Ende der Zeiten schriftlich festzuhalten?

Dies versuche ich mit der Demut und Gelassenheit, die mir meine achtzig Jahre eingeben.

Bis auf eine Handvoll sind meine Begleiter den Weg alles Irdischen gegangen. Deipyle habe ich nie wiedergesehen, aber ich denke noch manchmal (nicht ohne Wehmut) an ihre fürsorglichen Dienste zurück. Obwohl ich mit meiner Aelia Lepida beileibe nicht schlecht gefallen bin, und ich hoffe, dass sie dasselbe von mir denkt.

Was aus Boudica geworden ist, entzieht sich meiner Kenntnisse. Ich nehme an, ihr ältester Sohn ist ein tüchtiger Bäcker geworden. Und wer weiß, vielleicht hat er das bernsteinfarbene nordische Haar seiner Mutter und die großen syrischen Kinderaugen seines Vaters. In der Provinz ist er am besten aufgehoben. Wäre er in Rom aufgewachsen und seine Herkunft hätte sich herumgesprochen, so hätte man ihn womöglich zum Kaiser gekrönt. Etwas Schlimmeres hätte ihm nicht passieren können.

Ob die Erinnerungen des Severus Alexander, so wie sie mir der Kaiser diktierte, einmal das Licht der Welt erblicken werden, liegt immer noch in den Waagschalen der Themis. Vielleicht finde ich, ehe ich sterbe, einmal die Kraft, meine Schriften und Notizen zu ordnen und auf dieser Grundlage eine Biographie des mildesten und arglosten aller römischen Imperatoren zusammenzustellen. Er würde es verdienen.

Euphemos habe ich die Freiheit gegeben und ihn auf die britischen Inseln zurückgeschickt. Jeder Mensch gehört in seine Heimat, und er wird sich dort wohl wieder eingewöhnen. Ich habe ihm nahegelegt, alles zu beobachten und aufzuschreiben, was um ihn herum geschieht. Nur eins soll er nicht tun: sich in die Weltgeschichte einmischen.

Es ist der größte Fehler, den ein Chronist begehen kann.

Glossar

Andesina = Grand

Antium = Anzio

Aquae Mattiacorum = Wiesbaden

Arca Caesarea = Arqa

Augusta Treverorum = Trier

Borbetomagus = Worms

Civitas Audierensium = Dieburg

Colonia Claudia Ara Agrippensium = Köln

Divodurum Mediomatricum = Metz

Eboracum = York

Emesa = Homs

Lugdunum = Lyon

Lutetia = Paris

Massilia = Marseille

Mogontiacum = Mainz

Nemaninga = Obernburg

Vinco = Bingen

Quellen

Historia Augusta

Cassius Dio: Römische Geschichte

Herodian: Geschichte des römischen Kaisertums seit Mark Aurel

Edward Gibbon: History of the Decline and Fall of the Roman Empire

Propyläen Weltgeschichte. Die römische Welt

Richard Hopkins: The Life of Alexander Severus

Martijn Icks: The Crimes of Elagabalus

Louis Couperus : Heliogabal (Het berg van licht)

Bernd Steidel : Welterbe Limes. Roms Grenze am Main

MIX

Papier | Fördert
gute Waldnutzung

FSC® C083411

Zeitfracht Medien GmbH
Ferdinand-Jühlke-Straße 7
99095 Erfurt, Deutschland
produktsicherheit@kolibri360.de